作者简介：

袁利荣，无党派，57年4月出生于合肥市普通工人家庭，82年元月毕业于南京航空航天大学。上大学前当过两年"插队知青"，干过多种农活。大学毕业后在地处景德镇的航空工业单位工作了二十二年多，04年3月调来武汉工作。94年加入中国作家协会，05年被聘任为武汉市文史研究馆馆员。现为湖北省作家协会理事，武汉市作家协会顾问，武汉市政府参事室调研员。

88年3月开始发表诗歌等文学作品，至今已在国内两百余家报刊上发表过多种体裁的文学作品总计一千余件。在九十年代里曾有六十多家报刊将他推誉为"狂飙诗人"。分别于03年和14年出版《湖田诗文集》共七册。有诗评家称他的诗："文字洗炼，语言流畅，构思奇特，立意深远。"诗外，他的随笔也受到了众多读者的推崇。

湖田诗文选

湖田诗选

袁利荣 著

中央编译出版社
Central Compilation & Translation Press

目　　录

重金属

生命三部曲
　第一部：乌云 …………………………………… 2
　第二部：暴风雨 ………………………………… 5
　第三部：平息 …………………………………… 7

大武汉采风摘景
　黄鹤楼 …………………………………………… 10
　红楼 ……………………………………………… 11
　东湖 ……………………………………………… 12
　武汉长江大桥 …………………………………… 13
　古琴台 …………………………………………… 14
　龙王庙 …………………………………………… 15
　张公堤 …………………………………………… 16
　汉口江滩 ………………………………………… 18
　话说三镇 ………………………………………… 19

祖国礼赞

民歌 ………………………………………………… 23
我愿听—— ………………………………………… 26

信念，中华民族的灵魂 …………………………… 35
紫荆笑了 ………………………………………… 41
千禧好，亲爱的祖国！…………………………… 43

激情与叙事

朋友——当你饮下生活的苦酒 ………………… 49
城堡下 …………………………………………… 53
我诅咒灌木 ……………………………………… 56
遥远又遥远的 …………………………………… 62
台阶 ……………………………………………… 73
都市生活 ………………………………………… 75
我愿—— ………………………………………… 78
警察，哪里去了？………………………………… 80
致大海 …………………………………………… 85
没有 ……………………………………………… 87
现代少妇安娜 …………………………………… 93

十四行歌词与独舞

不要 ……………………………………………… 100
只要明天还在 …………………………………… 101
心灵的故乡 ……………………………………… 102
为了那份爱 ……………………………………… 103
春夏秋冬 ………………………………………… 104
难买沧桑 ………………………………………… 105
我愿平淡地度过此生 …………………………… 106

船	107
致雄鸡	108
洗澡	109
平常岁月	110
我想——	111
我的原则	112
我的每一天	113

十四行人物与肖像

远行人	115
大隐者	116
叶挺	117
蒲松龄	118
罗贯中	119
伫立海边的老人	120
李白	121
曹雪芹	122
瓷雕艺人	123
匜钵	124
柳宗元	125
屈原	126
陈怀民	127
剑客	128

十四行流水

零	130
当你不幸被绊倒的时候	131
在命运的土地上	132
水龙头与感情	133
标点符号	134
无花果	135
草帽	136
纤索	137
黑	138
一切	139
一些古瓷片	140
某青年进了机关后说	141
今天	142
青春	143
滑稽	144
烂铁不是金	145
人生中	146
世界上	147
对抗死亡	148
家	149

划过云空

火	151
灭火瓶随想	152
足球	154
三只眼	155

热水瓶与冰棍	157
这个世界	158
卖刀人	160
垫脚石的铭文	161
帽子	162
困境中	163
我赞美啊我歌唱——	164
爱情	165

风行水上

在岁月的风雨途中	168
电视	169
怪,又不怪	170
宣言	171
瀑布	172
青春留言	173
致某诗友	174
苹果	175
遗憾过后	176
多人跳棋	177
三部曲	178
互相模仿	179
要知道	180
金钱	181
我发现	182
剑气	183

画中美人	184
同样	185
快乐	186
新年的礼物	187
大海	188
致朋友们	189
最高智慧	190
人到中年	191

动物世界

狗	193
牛	193
猴王	194
马	195
绵羊	196
虾	197
猩猩	198
乌龟	199
鳖	200
啄木鸟	201
春蚕	202
鸬鹚	203
画眉	203
蜚蠊	204
鲫鱼	205
癞蛤蟆	206

四不像	207
蝗虫	208
黄鹤	209

小短诗

藤椅	211
桌子和凳子	211
高层公寓	212
某行政机关	212
微笑	213
都市	213
一个字	214
如果	214
看戏偶感	215
有一种青春	215
某些大学教授	216
宿命	216
某些机关	217
岁月	217
只要	218
根本	218
自古而然	219
善良	219
大苦和大甜	220
现代人	220
某副局长退休感言	221

如果 …………………………………………… 221

后记 …………………………………………… 222

重金属

生命三部曲

第一部：乌云

晴空万里，万里晴空
天边悄悄吹过来一缕轻轻的风
——每一片绿叶的奉献
——每一朵浪花的梦……

一缕轻轻的风来自遥远的天边
——向蓝天发出合作的请柬
——向太阳射出挑战的翎箭
一切安然，如最后的媾欢……

蓝天拒收第一封请柬
太阳用狂放的大笑回答翎箭
——一缕轻轻的风轻轻地窒息
——一缕飘飘的云飘飘地消散

天边从遥远的地平线上站起
带着最初的恐怖缓缓地站起

——先是放飞一万只云的气球
——接着放飞两万只风的雄鹰

云的气球越升越高——
在高空逐一迎着太阳爆炸
风的雄鹰越飞越猛——
在高空纷纷追逐着气球的碎片

蓝天与太阳的联盟开始动摇
大地上的飞禽走兽预感到风暴
太阳企图继续稳住蓝天
大地率先响应了远方的呼唤

所有的草都跳起了欢乐的舞蹈
所有的树都吹响了尖利的口哨
飞禽争先恐后地往窝里躲
走兽慌不择路地往洞里逃

太阳不再做无谓的反抗
蓝天栽入命运的怀抱
一万只气球加两万只雄鹰
霎时间化成了浓重的乌云——

天光为之暗然失色
大地上游荡着阴沉的凶兆
低垂的苍穹恨不得一下子塌下
奔放的风这时候却无影无踪

啊！乌云——
你这大地母亲的赤子
你这天庭帝王的叛逆！快——
快扑入大地母亲敞开的胸怀！

风从天的这一边来
要在另一边打一会儿盹——
等你浓重得一步路也走不动
风自会从天的另一边返回来

你越积越浓重，开始——
焦躁不安地渴望着释放和喷涌
经历了多少日夜的升腾和凝聚
你终于排开了气吞山河的阵容

初始窃窃耳语的诽谤
这时候喧哗成整个世界的诅咒
你强忍着不被理解的隐衷——
等待着表白一次庄严的俯冲！

哦，我听到了！乌云——
听到了你恳切的祈祷——
听到了你沙哑的呼吁——
你在呼吁着远方的——风！

第二部：暴风雨

太阳隔着厚厚的天幕传来狞笑
世界仿佛被煎熬成闷热的蒸笼
青石和砖墙流出大滴大滴的汗
天和地开始静静地商量剖腹产

啊！剖腹的刀，风——
终于从天的另一边醒过来
开始卷回来，卷回来
越卷越快，越卷越快——

期待的时刻终于来临：
浓重的乌云欢呼着解放——
大地，顿时轰响十万吨霹雳！
天庭，旋即泻下五亿吨洪水！

黑色的沉默终于挣脱了锁链
将满腹的苦水化成了万钧雷霆
——狂风如同十字军的兵器
——暴雨如同成吉思汗的马蹄

所有的草都统统跪下——
乞求暴雨饶恕它们的罪愆
所有的树都统统弯腰——
祈请狂风宽宥它们的过失

狂风里游动着无数闪电的青龙
给灰暗的天地镀上刺眼的银光
暴雨中裹挟着无数炸雷的火炬
隆隆地淹没了一切懦弱的呻吟

整个世界在暴风雨中哆嗦颤栗
山林原野在暴风雨里接受洗礼
——江河开放出奔腾的浪花
——湖泊袒露出痴迷的情怀

吞噬太阳的诬陷被撕得粉碎
无穷无尽的能量在自由地发挥
——用狂风的利刃替世界雕塑
——用暴雨的银铃代天地抒情

哗，哗，哗——
天庭仿佛成了跌进情网的海洋
挂下倒海的激流和飞瀑
——冲刷着裸露的岛屿

嗖，嗖，嗖——
大地仿佛唤起哈姆雷特情绪
狂风的指尖弹跳得如痴如颠
——亲吻着若亚的方舟

世界沉浸在悲壮的进行曲中
天地迷醉在英雄的交响乐里

——一些房屋升起墙壁
——一些房屋敞开门扉

升起的墙壁在铜鼓声中被摧毁
敞开的门扉在断裂声里受敲击
大自然进行一次无情的抉择
生命也承受一次残酷的遴选

跪下的不会全部受到饶恕
弯腰的不会全部受到宽宥
催促新生带来的却是死亡——
死亡铁证出暴风雨的力量！

嗖，嗖，嗖——
哗，哗，哗——
这是旧世界招魂的出丧
这是新世界诞生的序曲……

第三部：平息

强劲奔放的风渐渐疲软
凶猛不羁的雨缓缓收敛
轻音乐在山林里徐徐响起
华尔兹在原野上翩翩回旋

威武雄壮的正剧走进尾声
豪迈高亢的激情抵达终点

世界又将开始又一次轮回
万物也将苏醒蓬勃的生机

当轻音乐和华尔兹款款地平息
暴风雨也仿佛成了遥远的记忆
含辛茹苦的岁月已成为过去
奔雷走电的时刻已写入历史

世界呈现出一派安详宁馨
心脏的跳动似乎是唯一的声音
山林葱茏得滴落着青翠
原野碧绿得滚动着晶莹

所有的枯树都被暴风雨折断
残枝败叶也都被暴风雨冲走
天空倒映着山林原野的纯蓝
大地洁净得宛如少女的明眸

所有的灰尘全被暴风雨涤尽
乌烟瘴气也全被暴风雨打散
倾覆的鸟巢已粉碎成泥
僵硬的尸体已沉入江底

林间的小鸟胆颤地探头探脑
余悸未消的蛙和蝉放大了瞳孔
暴风雨连同死亡都已结束——
平静的间隙充满了幽深的诗意

雄浑的溪涧浅唱起清流
怒吼的江河荡漾着宽阔
连灰色的山石也溢出青亮的光
整个世界就像彻底清洗了一遍

溽热已变成淡淡的清凉
空气清新得令喉管生痒
泥土袅袅飘出草木的清香
世界打开了所有的门和窗

乌云兑现了耿耿的初衷
所有的误会也随乌云一同消失
每一株重新立起的草都在沉思
每一棵重新站直的树都在缅怀

每一片绿叶又投入无私的奉献
每一颗水滴又编织起乌云的梦
——死亡为新生开拓了空间
——暴风雨留下一串省略号

此刻，我很想谈点缠绵的爱情
我羡慕此刻大自然的安详宁馨
——没有恐怖也没有挣扎
——没有审判也没有血腥

暴戾和冲动已遁迹回天庭

大地静穆得如刚刚受了精
世界连欲望也闪烁着透明——
万物将在和平中蕃衍生息……

飞禽开始兢兢重建安乐的家园
走兽开始悄悄重组庞大的家族
亿万草木静静向天空竖起手臂
山脊升起一弯如梦的彩虹……

88年6月于景德镇湖田山

大武汉采风摘景

黄鹤楼

是武汉的地标和登临的首选
其传说和历史都很悠久
诗星的拱照深厚了人文的底蕴

山水的簇拥升华了骋目的楼台

阅尽炎黄春秋和人间沧桑——
被称为"天下江山第一楼"
目送过"龟蛇锁大江"的旧中国
见证着中华复兴一日千里的今天

06年1月1日于汉口育才一村

红 楼

一栋红砖砌的两层老楼房
座落在武昌蛇山脚下
也座落在中华历史的十字路口
中国最后一个封建王朝的丧钟
就是在这里敲响

这丧钟的轰鸣声
在史册里回荡,余韵悠长
"洪宪"闹剧就是在这轰鸣声中
撞在历史的回音壁上
"哎哟"一声,收场
成为这轰鸣声的第一次回响

中华民族的现代史自此开篇
红楼今天也叫——
"辛亥革命武昌起义纪念馆"

或"武昌起义军政府旧址"

"民主共和"的潮流由此开闸
从此再也没有可以阻挡的手臂
虽然不乏妄想阻挡的阻挡

06年1月3日于汉口育才一村

东 湖

大武汉半边的鳃
中国都市最大的市内湖泊
水面面积达三十三平方公里
是杭州西湖的整整六倍
在中国相当于一个中等城市
全部市区的占地面积

晴天，碧波浩淼气象阔大
雨日，湖上烟云消隐对岸
风生水起，飞鸟追逐无尽的浪花
星月悬空，海镜荡漾天庭的私语
渔舟唱晚，落霞点燃都会的激情
健身咏早，晨曦撩开沸腾的生活

四周棋布的高楼或山头
在时代的潮头竞争风流
大手笔的绿化溶入造化

沿湖的草、树、园、路齐心
编织着不着痕迹的和谐

珞珈山与行吟阁遥相呼应
楚文化的气韵一脉相承
衔湖俏立的磨山是梳妆台
这一大池水足够三镇照影

因有这片强大的鳃或肺叶
在人类社会文明的海洋里
大武汉肯定会有更加美好的明天

06年2月19日于汉口育才一村

武汉长江大桥

武汉长江大桥今简称"一桥"
"一桥"是中国人在万里长江上
架设的第一座大桥
于一九五七年十月十五日通车

毛泽东吟咏此桥的磅礴诗句
"一桥飞架南北,天堑变通途"
如今已成绝唱或经典

"京广线"由此打通
三镇被"天堑"分割的历史

由此永远隐入历史
大武汉的大交通由此发轫——
万里长江第一桥降生武汉
"九省通衢"的优势独步天下

近半个世纪过去了，中国
在世界上已高昂起骄傲的头颅
万里长江上如今已有近百座桥
南来北往着澎湃的人流和物流

如今，一代伟人的畅想
"更立西江石壁，截断巫山云雨
高峡出平湖"已成为美好的现实
但在新中国的建设发展史上
"一桥"有特殊的地位与意义

06 年 2 月 20 日于汉口育才一村

古琴台

坐龟山下，落月湖边
古琴台是汉阳的牌匾——
"知音故里"的美名已流芳千年

在"伯牙摔琴谢知音"的浮雕前
人们品味着"高山流水"的诗意
多少朋友结伴到此明心迹——

愿今生既做兄弟又做"知心"
多少男女牵手到此烧心香——
愿今生既做夫妻又做"知音"

千秋高山，万代流水
肝胆相照的佳话盛传不衰
在全部人类故事的海洋里
"知音"传说永放异彩——
温暖着心灵及心灵世界

06年2月28日于汉口育才一村

龙王庙

叫龙王庙的地方已无庙
但它的地位比所有的庙都高
每逢大汛，此处的安危
总能上牵省部及中央领导的心

汉水汇入长江在汉口的一段堤岸
就是叫龙王庙的地方——
两江在此交汇，风云在此拥抱
此处曾是三镇抗洪的决胜之地

长江的夏汛，汉水的秋汛
三镇观水的最佳平台
平常的岁月，三镇在这里

可品四个字:"得水独厚"

依栏目睹"大江东去",江面上
每一个漩涡都萦回在诗歌的深处

06年7月15日于汉口育才一村

张公堤

张公堤是张之洞于二十世纪初
在汉口修建的一条防洪大堤
为了世代纪念这位"历史巨人"
三镇人称这条堤为:张公堤

张公堤是张之洞的碑
立在大清王朝的封底
以其十七公里的长度
圈出现代的"大汉口"
为"大武汉"的称呼奠定了基础

头戴两湖总督的乌纱,在武汉
张之洞缔造了近代冶金工业
　　特别是兵器工业——
"汉阳造"步枪曾是
　　中国军队最精良的武器
创办了"布、纱、丝、麻"四局
近代纺织工业繁荣了武汉

主持修筑了"京汉铁路"
确立了武汉在近现代中国
　　交通枢纽的特殊地位
扶持发展民族工商业
使武汉迅速成长为仅次于上海的
　　当时全国第二大商埠
倾力兴办大、中、小"学堂"
开了中国近现代教育的先河
为武汉成为当代科教重镇
　　于百年前扎下根基

张之洞在武汉为晚清的
　　"洋务运动"画了一个句号
因这个句号是在武汉画的
武汉在近现代中国的重要位置
便成了不可替代的历史赋予

在武汉大展宏图的十八年
是张之洞辉煌人生的十八年
也是大清王朝回光返照的十八年
有着夕阳般的宿命——
张之洞离鄂四年后，在武昌
他编练的"湖北新军"推翻大清

武汉与中华一起迈入了新的千年
张公堤醒目地横卧在三镇地图上
既无言，又在娓娓地诉说

06年8月1日于汉口育才一村

汉口江滩

这个世界上占地最大的滨江公园
长七公里，百余万平方米的面积
有两级开敞大气的观光平台
平台上方是移步换景的游人走廊
无数的奇花异木映亮了江城蓝天
养眼的绿地芳草洗染了桥都白云

到处都有石凳石椅和健身器材
还有许多铜雕和曲径回廊
奔腾东去的大江任人观赏
沿江大道上的百年老房低语沧桑

如果从大公园的这头步行到那头
于明媚的春日或气爽的秋天
将三镇风云或美景尽收眼底
你一定会为自己"武汉市民"的
　　身分感到特别自豪
进而为自己是一个泱泱中华的
　　儿女感到十分骄傲
因为你是如此令人陶醉留连的
　　汉口江滩的所有者之一

不论春夏秋冬,只要不下雨
游人每天都摩肩接踵
长江大水落涨缓急四季不同
日景夜景不可互代又难分轩轾
每逢节日都会有许多敞开的演出

不收门票的开放的汉口江滩
　　在新千年初始的建成
使大武汉从此有了——
最亮丽的一张名片

　　　06年8月7日于汉口育才一村

话说三镇

长江与汉水的自然分割
各自成长并互为依托的漫长历史
合而为一后的武汉又别称三镇
三镇中的武昌和汉口
独自都能称得上是大城市
汉阳也能算得上是大中城市

在当代中国的经济地图上
武汉独占"天元"的位置——
承东启西,呼南应北
水、铁、公、空交通的中心

我是由外地迁居武汉的新移民
虽然在武汉生活了才四年
但我已深深爱上了这座四季分明
　　恢宏迷人的繁华大都市

名称前可冠"大"字的城市
民国时代在中国只有两座
一座是上海，另一座就是武汉
缘于"抗战"初期的两个口号
首先是"保卫大上海"响彻中国
南京沦陷后中国只有于腹地排兵
"保卫大武汉"成了致日寇坠落
　　"持久战"泥坑的惨烈肉搏

我是后来者，也是已由前人
　　建成的大武汉的享受者
我家住在汉口富裕的黄孝河路
这条路的下面就是上世纪
　　八十年代中期被埋入地下的
　　　　当时全国城市四大害河
　　　　　　之一的黄孝河——
黄孝河已在黄孝河路的下面
默默流淌了二十个春秋
作为一个诗人并享受者
我有讴歌并献身大武汉的义务

大武汉既有许多历史上的殊荣

也有许多新中国的第一，今天
既适合创业也适合置业的地方
大武汉，炎黄子孙生活的天堂
中国最适宜居住的特大城市之一

06年8月9日于汉口育才一村

祖国礼赞

民　歌

嫁娶或丧葬
播种或开镰
祭祀或屠宰
迁徙或出征
怀孕或生产
在水之旁
总会有民歌的翅膀
扇动着生活的阳光
自神农氏以来

道路和田野
村庄和灶台
烧荒的火和苦涩的农具
目光可触的一切
都是民歌的源泉
哺育着语言
五千年

男人和战争
女人和爱情
江河漂走的心事

陶罐舀起的月亮
庆丰收的社日
祈甘霖的盛典
先人的业绩
有马的风景
宫商角徵羽
诉喜诉悲的管弦

狩猎的弓箭
捕鱼的罾罤
牧归的炊烟
僧尼的寺院
承天盘上的日晷
书斋案前的更漏
冬去夏来四时的嬗变
花开花落节气的绵延
雪磬和霜钟的春风秋雨
五律和七绝的朝霞暮霭

阁楼的闺怨
茅屋的冷暖
莲塘的倒影
桥边的客店
垒城筑堡的徭役
马革裹尸的边关
烽火途中的家书
望断杨柳的鸿雁

清明和重阳
寒食和元宵
桂子和月饼
流萤和鹊桥
端午的雄黄
除夕的年糕
秦汉隋唐轮着唱
聚散离合都是歌

放排的号子
拉纤的歌谣
阅兵的锣鼓
横吹的兽角
耕耘岁月的犁
喋血疆场的剑
千变万化的歌词
都是吟咏五色人生的诗

日月的蕴含
山川的珍异
遥远的传说
星空的谜底
土地恩赐的全部财富
都溶铸在精神里
一首古老的民歌
一粒沉睡在古墓中的莲子

91年2月14日于合肥

我 愿 听——

我愿听纯朴的民歌和华丽的美声
我愿听清幽的古筝和圆润的提琴
我愿听沉郁的洞箫和激昂的铜号
我愿听出塞的琵琶和凯旋的礼炮

我愿听悲怆的交响乐
我愿听慷慨的广陵散

我愿听典雅的梅花三弄
我愿听悠远的阳关三叠

我愿听浪漫飞翔的命运
我愿听翩跹排演的长征
我愿听柔和的天鹅湖舞曲
我愿听曼妙的春江花月夜

我愿听暴风雨般急奏的历史
我愿听欢乐颂般舒缓的现实
我愿听高山的嘡哨和大海的波涛
我愿听莽原的回响和星空的谕示

我愿听流泉弹拨旷野的浅唱
我愿听轻风吻皱莲塘的低吟
我愿听稻花飘香的蛙鸣
我愿听天高云淡的雁唳

我愿听城市剪彩的掌声
我愿听乡村迎亲的锣鼓
我愿听高楼拔节的清脆
我愿听果园丰收的沸腾

我愿听朝阳绚烂中的大江东去
我愿听暮云掩映下的小桥流水
我愿听花苞绽放的含蓄的风景
我愿听枫叶充血的热烈的倩影

我愿听列车碾过铁轨的轰响
我愿听银鹰掠过长空的颤音
我愿听巨轮迎风破浪的长笛
我愿听江河汹涌澎湃的激情

我愿听坚冰的破裂和雪被的消融
我愿听春水的羞涩和鸽哨的飘逸
我愿听潮汐的顽皮和沙滩的忸怩
我愿听征帆的缄默和大海的瞩望

我愿听大森林剑戟般的嘶吼
我愿听千里马金石般的呼啸
我愿听男人的旋律和戈壁的驼铃
我愿听采菱的野调和吴越的戏曲

我愿听寂寞里追求的独白
我愿听孤独里创造的朗诵
我愿听春夏秋冬无迹的彩裙
我愿听古往今来翻动的书页

我愿听勇气起搏的壮怀激烈
我愿听智慧成熟的晓风残月
我愿听重翠滴墨的酣畅淋漓
我愿听叶落归根的渔舟唱晚

我愿听播种的祷祝和开镰的甜蜜

我愿听垄亩的寄托和岁月的承诺
我愿听作物生长的贪婪疯狂
我愿听子实灌浆的痴迷陶醉

我愿听鸡鸣犬吠的无争
我愿听农家小院的安详
我愿听如画田园的牧歌
我愿听金色胸脯的起伏

我愿听三春巢中母子的呢喃
我愿听三秋穴中夫妻的恩爱
我愿听老牛舐犊的亲昵
我愿听慈乌反哺的仁义

我愿听叶在雨露里的舒展
我愿听花在阳光里的灿烂
我愿听枝在风中的抒情细节
我愿听根在地下的叙事部分

我愿听胎儿在母腹中的呼吸
我愿听启明划破长夜的静寂
我愿听无污染的大自然的天籁
我愿听真善美的人世间的谐韵

我愿听婴儿降生的哭啼
我愿听黎明阵痛的呻吟
我愿听种子拱破泥土的欢呼

我愿听大地深处搏动的心律

我愿听老人含饴弄孙的细碎
我愿听乳妇奶子插入的窸窣
我愿听沉浸在幸福中的撕裂
我愿听承担神圣责任的占领

我愿听牙牙的学语嘈杂
我愿听朗朗的启蒙书声
我愿听拼搏人生的汗珠嘀嗒
我愿听奉献韶华的火花迸溅

我愿听朋友成功的喜讯
我愿听亲人平安的佳音
我愿听友谊天长地久的故事
我愿听爱情忠贞不渝的传说

我愿听悲痛结束后的笑语
我愿听噩梦醒来后的鞭炮
我愿听雨过天晴的人间喜剧
我愿听云消雾散的风拂杨柳

我愿听花好月圆的民间彩扮
我愿听歌舞升平的京韵清唱
我愿听合家团聚的欢声
我愿听普天同庆的祝词

我愿听告别童年的絮语
我愿听走向壮丽的誓言
我愿听长亭送别的百年之约
我愿听短亭重逢的缠绵缱绻

我愿在有声处听肃穆
我愿于无声处听惊雷
我愿在得意时听花开花落
我愿于失意时听云卷云舒

我愿听觥筹交错里的理智
我愿听车水马龙里的清醒
我愿听人去楼空时的反思
我愿听门可罗雀时的洞明

我愿听正义逮捕邪恶的史诗
我愿听法律击败犯罪的纪实
我愿听道德遏止堕落的经典
我愿听良知枪毙背叛的佳构

我愿听尊严扶直懦弱的铿锵
我愿听公正淹没私心的萦回
我愿听强者平等无欺的博爱
我愿听弱者毅然奋起的自由

我愿听涨水放排的号子
我愿听枯水拉纤的歌谣

我愿听电影里五律的云烟
我愿听戏剧里七绝的慢板

我愿听熔岩在地心奔突的张力
我愿听翅膀在湖面裁剪的空灵
我愿听黄昏渊博的练达圆融
我愿听旭日躁动的憬悟庄严

我愿听共产主义理想的传播
我愿听社会主义信念的坚挺
我愿听劳动者对劳动的膜拜
我愿听寄生者对寄生的清算

我愿听诗人心灵的金戈铁马
我愿听英雄精神的杜鹃啼血
我愿听沧桑礁岩如镌的皱纹
我愿听如花少女炽热的心语

我愿听母亲青春重焕的街谈
我愿听祖国繁荣昌盛的巷议
我愿听赤子报国的呼吁
我愿听中华崛起的呐喊

我愿听风调雨顺加国泰民安
我愿听政通人和加百业兴旺
我愿听文明礼貌加路不拾遗
我愿听人人为我加我为人人

我愿听国歌在万里江山嘹亮
我愿听国旗在无边海疆飘扬
我愿听国徽在古老土地上放光
我愿听亿兆炎黄子孙齐心合唱

我愿听东南西北竞举的手臂
我愿听四面八方争驰的喧闹
我愿听天上家家种梧桐的童话
我愿听人间处处是故乡的梦想

我愿听尊师重教的高尚习俗
我愿听诲人不倦的蔼然襟怀
我愿听苦苦挣扎里的等待
我愿听漫漫求索中的希望

我愿听太阳的钟声和月亮的闹铃
我愿听科学的年鉴和文化的史册
我愿听电子时代的脉搏
我愿听东方醒狮的步伐

我愿听拯救地球的提请
我愿听保护环境的游说
我愿听小草染绿大漠的报告
我愿听大树狙击风沙的讲演

我愿听人类征服太空的新闻

我愿听世界取得进步的报道
我愿听化干戈为玉帛的广播
我愿听和平之花盛开的消息

我愿听每一项科技成果的宣读
我愿听每一件艺术杰作的倾诉
我愿听每一则攻克癌症的快讯
我愿听每一条战胜衰老的捷报

我愿听世界的未来更辉煌
我愿听人类的明天更美好
我愿听啊——
我——愿听！

     90年7月14日一稿于合肥
     93年4月二稿于景德镇湖田

信念,中华民族的灵魂

从第一只陶罐在半坡诞生
炎黄氏族垦荒开拓的固执蛮横
便向着广袤无边的版图
艰难而又曲折地发散着延伸

经历了无数个世纪的跋涉
一代又一代的先人埋葬着风雨
也逐一被风雨所埋葬
坟或树倔强地迈向远方

长满蒺藜的大地渐渐变成井田
井字形的道路如酋长的额头
皱纹里荡漾着男欢女爱的扁舟
稼穑的浓香飘溢着泥土的温柔

支撑起精神荒原的信念
胎结于纹在陶罐上的图腾
凤凰或鲲鹏飞天的梦想
是炎黄子孙传世的签证

睡梦环绕着远古的图腾

演完春秋演战国
唱过两汉唱魏晋
兴毕唐宋兴明清

漫漫五千年的不倦求索
信念——炎黄民族的灵魂
心灵天空永不倒伏的旗帜
一茬又一茬的香火擎举到今天

从屈原的《天问》
到武侯的《出师表》
从岳飞的《满江红》
到邹容的《革命军》

从三元里漫山遍野的大刀长矛
到虎门炮台对天盟誓的壮烈
从平型关震惊中外的大捷
到太阳旗最后嘶哑地降落

多少血与火的洗礼
多少生与死的悲壮
多少节与气的浩歌
多少穿透沧桑时空的回响

列祖列宗或悲或喜的人生
文臣武将或哭或笑的命运
逐鹿中原或高或低的兽角

芸芸苍生或长或短的行程

今天，炎黄民族高昂的信念
是每一条河流的源头
是每一座山脉的起点
是和平与进步的内蕴动力

我们先人世代的精神储蓄
照亮黑夜照亮道路的灯火
从盘古开天始匍匐前行
如今终在共和国的国徽里定居

我们不能淡忘了历史和昨天
我们不能遗失了自己和姓名
在通往崭新世纪的路上
我们不能再让灵魂流浪

一个树立起信念的无产者
他定将拥有无怨无悔的明天
一个丧失了信念的百万富翁
他最后将穷得只剩下一沓钞票

面向历史面向未来
我们必须重新注册父辈的信念
那火焰里涅槃的凤凰——
放出去是精卫落地是种子

鲲鹏展翅扶摇直上九万里
无数仁人志士死不瞑目的信念
——五千年的梦想与光荣
——五千年的期待与传统

巍巍莽莽的雪山昆仑
滋养华夏最饱满的乳头
袒露着奔腾的黄河和长江
仍哺育着我们像远古一样

花谢了又开春去了又来
潮头前浪让后浪精采
时代凝聚着深情的选择——
我们这代人终于登上了舞台！

我们是穿过阴天的新生雨林
知道向沙漠向大海要石油
知道向深山向荒野要宝藏
知道向三峡要举世瞩目的大坝

高峡出平湖神女无恙
京九铁路直通香港
百年屈辱一扫而光
帝国的炮舰在博物馆里停放

任何一场战争都没有这等场面
时间在亢奋的起伏里怒放花瓣

空间在充分的拓展中摇曳羽毛
共和国澎湃着涌向远方的黎明

躁动的灵与肉的节奏
所有的枝头都纷纷挂满果实
四季为诗歌和音符所修饰装点
中国在世界的位置将彻底改变

回顾曾有过的内外交困
正视今天我们与人家的差距
黑眼睛的广角张成充血的腥红
黑头发的波浪啸成汹涌的大海

逃离贫穷如逃离耻辱
逃离落后如逃离沼泽——
我们应抽打岁月抽打大地奔跑
我们应抽打乡村抽打城市突进

翱翔塞北的雄鹰
翻飞南疆的鸽子
拆除封闭我们的边缘
将改革开放的形象推向世界

中华民族信念的宝剑或长风
二十一世纪十亿炎黄的大纛
将如潮推托着我们的脊背
裹雷挟电气象万千地走向峰巅

信念,中华民族的灵魂
一枚殷墟出土的染血的相思子
拂去岁月的尘埃扎进我们心里
所有未揭的日历都将成为弓箭

站在摩天高楼上回首原始巢穴
漫长的路途是她庄严的年轮
我们怀拥这枚染血的相思子
我们怀拥着民族未来的瞩望

中华民族信念的旗帜上
写的是富庶文明和繁荣昌盛
理想与现实之间的距离
正是我们神圣的使命和责任

亘古不灭的是我们祖先的思想
几经沉浮更闪烁金子的光芒
列祖列宗——在上——
来了!高擎信念的当代炎黄!

　　　　93 年 11 月 30 日于景德镇湖田

紫 荆 笑 了

一九九七年七月一日
这是所有炎黄子孙盛大的节日
这是浩博华夏历史辉煌的一页
举世瞩目神州同庆
五岳振臂四海欢呼

一个悲剧的开始
终以喜剧结束——
这是百年国耻的洗雪
这是中华尊严的胜利!

当全地球村都为
　　这"胜利"端起酒杯
我们不能忘记这铁的事实:
没有新中国就没有香港的回归
没有新中国的强大
　　就没有香港的顺利回归!

《南京条约》终于成为
　　翻过去的一张活页
上面的故事已裁剪成

检索屈辱、抗争、振兴
　之路的书签!

香港——世界的东方之珠
东方之珠——中国的香港!
五星红旗下的五瓣花蕊——
紫荆花区旗笑卷海风!

紫荆树不可分割的民间传说
是中华民族阖家和睦的象征
盛世一统既是中华民族的传统
也是五千年绵延不断的梦!

二十一世纪的幕布就要撩开
紫荆笑了——
整个世界都看到
　中华民族的脊背在隆起!

今天,一九九七年四月十二日
距香港回归只剩下八十天
是我———一个微末的诗人
四十周岁的生日

我在自己四十周岁的生日里
写下这首浅白的诗
表达一个微末的诗人的庆幸

我庆幸香港的完璧归来
同时也庆幸：自己生逢——
伟大祖国风起云涌的时代!

   97年4月12日于景德镇湖田

千禧好，亲爱的祖国！

今天，千年末的一日
公元一九九九年十二月二十日
一朵美人莲终于回家——
回到中华大家庭，团聚

濯清涟饮南海的濠江
美人莲盛开的澳门

从今日起在天空飘扬的
　　　将是五星红旗!
红旗下的莲花区旗将乘
　　　人类纪元千禧之大风
和祖国母亲一同鲲鹏直上!

所有中华儿女当永远记住:
从今日起,广袤的祖国版图上
将永远不再有任何一小块
　　　招摇异国国旗的殖民地!
这是中华民族的划时代——
整个世界都睁大了眼睛
所有炎黄子孙都喜泪湿襟怀!

在千禧之年抵达的前夕
中华民族终于绽开最美的欢笑
吉祥的莲花迎风盛开——
盛开在每一个中华儿女的心田

翻开一部喋血的中国近代史
里面沉积了多少悲哀和屈辱?
昏聩腐朽的封建末世王朝
生锈的冷兵器怎能抵挡
　　　以火炮长枪为武装的列强
　　　　　如豺狼般的撕咬?

万里海疆上海水的深度

曾是莲花泪水的深度
曾是祖国耻辱的深度

是新中国结束了旧中国的耻辱
是新中国擦干净旧中国的泪水
没有新中国站直了的脊梁
就没有这千禧之年中华大家庭
　一个失散的孩子——澳门
如此圆圆满满地归来!

今天,我亲爱的祖国
从东海之滨到西部重镇喀什
从北极漠河到南沙百千岛屿
整个地为欢声笑语所淹没——
这个不是节日的节日
比所有的节日都重大!

再过十一天,人类将迎来——
纪元的第三个千年
即纪年的"一"字头
　　将升为"二"字头
四位数字全改变
"二"字后面是三个挨着的
　　充满诱惑的"O"

我——一个普通的诗人
能有幸和亲爱的祖国一起

静静地啼听：一个千年终结
　　另一个千年诞生的钟声
这是何等的荣耀——
回首是一声粗重的再见
转身是一声轻灵的早安！

在这个千年里我活了四十二年
面对下个千年我无太大奢望
只求能再活上一个四十二年
我想看到亲爱的祖国
　　在下一个千年的初始——
人类二十一世纪的上半叶
　　全面复兴的景观！

我要以我诗人的笔记录：
中华民族在二十一世纪上半叶
全面复兴的秦汉风骨
　　和盛唐气象的重演！
以及重演秦汉风骨
　　和盛唐气象的天骄们——
英雄的热血和旷世的风采
齐天的功绩和献身的境界！

强盛中华，青春母亲
这是多少世代多少志士仁人
至死不灭的梦想
　　以及梦想中的光荣？

回首中华民族漫漫的来路
曾有多少血与泪的浩歌
又有多少赤与诚的绝唱?

通观人类历史的变迁及其轮回
我坚信:二十一世纪
　　是中华民族的世纪!
因为勤劳、勇敢、智慧
　　和善良的中华民族
是人类最伟大的民族之一!

这首小诗的每一个字
都凝聚了我喜悦的泪水
　　和亢奋的心跳
至此颤抖的手已握不稳笔
结束这首直白的诗
我只有一句大白话:
千禧好,亲爱的祖国!

　　　　99 年 12 月 20 日凌晨于景德镇湖田

激情与叙事

朋友——当你饮下生活的苦酒

朋友——
当你饮下生活的苦酒
当你的肺腑被生活的利爪撕扯着的时候
哭泣吗?

如果泪水能带走你往昔的不幸
如果哭泣能抚慰你受伤的心
哭泣吧——
滚滚东去的江水会平息你年青的感情……

朋友——
当你饮下生活的苦酒
当你虔诚的梦幻被生活粉碎了的时候
祈祷吗?

倘若祈祷能把你带回昨日的梦境
倘若昔日的偶像还能占据你的心
祈祷吧——
天国的慰藉会陪伴你就寝……

朋友——

当你饮下生活的苦酒
当人生的打击或灾难扑向你的时候
自杀吗?

假使自杀后的寂静是灵魂的最高解脱
假使你不想再对社会和人生负任何责任
自杀吧——
你的壮举赎尽了你在人世所欠的债务……

你哭泣——
因为你还不够坚强
你祈祷——
因为你还抱着那最后的幻想……

挺直你五尺身躯吧——
翻开写在头顶上的"天"的大书
捕捉飞翔的载浮希望的彩云
像帆那样弓身于风雨万里的征程……

死吗?
会有巨大价值吗? 堂堂一个汉子
你何不先咬紧牙关活下去——
求解一回社会与人生的方程?

当阴沟里的臭水溅湿你的裤脚
当生活中的丑恶嘲笑你的高洁
你只会呶呶不休地抱怨——

抱怨人世间没有纯真的友谊和爱情?

不要稀罕生活的避风港
不要过早迷恋甜言蜜语的臂弯
遗弃掉华而不实的轻浮——
要学会不动声色地拼搏与付出!

你见过烟波浩淼的大海吗?
你知道大海涌动着的无穷无尽的力量吗?
然而,只有骄傲的海燕——
才能够享受搏击大海的欢欣……

朋友——
当你饮下生活的苦酒
你应从中沉淀出顽强的意志——
像生活中许多战士那样拥抱命运!

朋友——
当你饮下生活的苦酒
你应从中提炼出生命的激情——
像历史上许多英雄那样逆水行舟!

朋友——
当你饮下生活的苦酒
千万不要轻言"看破红尘"——
只有学识渊博的哲人才有资格那样夸口

朋友——
当你饮下生活的苦酒
你应推己及人地产生一个崇高的思想——
自己能不能使他人不喝或少喝几口？

喝干生活的苦酒吧！朋友——
然后坐下来冷静地思考——
思考盐碱滩上为何能长出茁壮的高粱
思考戈壁大漠为何能长出穿天的胡杨？

喝干生活的苦酒吧！朋友——
然后站起来缄默地寻问——
寻问平凡的人生为什么能变得不平凡
寻问普通的心灵为什么能变得不普通？

80 年 8 月 25 日于南京航空学院

城 堡 下

我既非书香世家
也非望族后裔
网状的阡陌送走我——
平凡又不平凡的童年

我不自卑出生的贫寒
但却鄙视人格的卑贱
稀粥加菜帮使我很早就懂得了
——人生的不易和艰难

我不甘人生的庸碌和黯淡
我崇尚人生的躬耕和勤勉
经历了多少年不辍的跋涉——
我终于来到了城堡的边缘

我将顺着理性往前走
我不会有兽类的贪婪和凶残
曾有幸和炎风交汇过——
使我的智慧成熟在一个风扬败叶的秋天

既然我已来到了城堡的边缘

进城是当然，虽然是在夜晚
没有路我就心甘情愿地爬
我准备继续承受许许多多的磨难和辛酸

哦，我终于摸到了城墙
摸到了一块又一块方正的砖，哦——
哪一块砖上装了打开城门的暗锁
哪一块砖能够成为我人生辉煌的起点？

手扶城墙摸索着移步
在黑暗的夜晚
我用自己打锉的钥匙毫不气馁地
——叩问着一块又一块的砖

城墙没有表情
那层叠的砖也不是姑娘廉价的笑靥
一个接着一个刚性撞击的回音
伴奏着我生命脉搏的振颤

城墙公正地拒绝我
可我决不拒绝公正的城墙和方正的砖！
只要生命的脉搏没有停息
我就决不放弃人生的追求和信念！

借着微弱的星光，我发现——
城堡下，许多人放弃了希望咀嚼起遗憾
这当中，有我的许多同学和兄长

更不少本来就是一些碰碰运气的软蛋

一步又一步踏实地前进
我默默地忍受着被城墙拒绝的难堪
没有悲哀也没有叹息——
即使时间滞留我我也决不滞留时间!

我并不是为了追逐个人的财富和虚名
更不是为了一把米而劳碌于人世间
我只渴望自由地创造和奉献——
我立志要为人类的进步洒尽血和汗!

我头上的每一根白发都是我劳作的收据
我额头的每一条皱纹都是我痛苦的证件
进城去——
这已是我整个青春之生命的强烈呼唤!

拒绝吧——
我的意志足以将我的生命支撑到终点
塌陷吧——
黎明的太阳和新世界一样灿烂!

在这如同死亡一般静悄悄的夜晚
我连滚带爬,在城堡下敲敲打打
没有什么能够叫我退却——
我要沿着城墙把每一块砖都敲打一遍!

有一天,当我迎着晨光进了城堡
也不会像有些人那样躺到沙发上安闲
因为那时还会有更高的城堡等待着我
用顽强的意志和钢铁的信念去攻占!

  82 年 11 月 21 日于景德镇

我诅咒灌木

这个世界本应很美好
——充满雍容和大度
草不卑微树不傲慢——
如果这个世界上只有草和树

可恶,<u>丛丛簇簇</u>的灌木
它们似乎总是很讨好大树

卑躬屈膝，匍匐谄媚——
可骨子里却充满了疯狂的嫉妒

在角落里散布恶毒的流言
在黑夜里偷放卑鄙的冷箭——
什么缺乏正确的恋爱观，桃树
什么简直是时装的模特，梨树

什么少了些男子汉气质，柳树
什么禁不起寒流的考验，杨树
什么不把太阳放在眼里，松树
什么太高太直又太傲，杉木

够了！所有的树木都一无是处
——这个世界的精华是灌木
最好所有的树木全死光——
灌木也就成了趾高气扬的树！

可大树偏偏都站立着
一棵又一棵地站立着
小树也不客气地成长着——
有树的地方灌木永远是灌木！

所有的仇恨都只好发泄给——
柔弱的小草和成长中的幼木
十倍的欺凌，百倍的愤怒
千倍的凶暴，万倍的恶毒！

侵吞小草的阳光和雨露
压制并摧残成长中的幼木
有时也敢向衰老的大树进攻
用锋利的棘刺，绞索般的藤！

枯萎了多少蓬蓬勃勃的芳草？
夭折了多少前程无量的幼木？
多少承受过无尽颂歌的巨树
在万分的痛苦和挣扎中结束？

阴险，残忍，变态的倔强
虚伪，自负，弱者的冷酷
没有成为树的先天秉赋
却连做梦都渴望能变成树！

几乎所有有植物的地方
都有不大又不小的灌木
将大树对小草的眷顾截留
将小草对大树的问候贪污

小草和大树无法交朋友
只要中间夹进了灌木——
赞美声中大树会遗忘小草
灌木丛下小草会责怪大树

即便是春天，有灌木的地方

也是郊游和远足的禁区——
没有柔软的草地可供撩拨情思
不能轻松地到树下喃喃絮语

是丛丛簇簇的灌木——
阻塞了通往湖滨和幽林的路
使奔放的空间不奔放
使宽舒的时间不宽舒

人类征服大自然的每一步
刀斧所向都是可恶的灌木
可在刀斧卷过的土地上——
总会钻出一茬又一茬的灌木!

纵然是在围起来的园林里
不消三五年的荒疏
挤挤挨挨的灌木——
就会拥抱通往花前月下的路!

科技在发展,社会在进步
总有一天人类能消灭灌木
到那时,世界上还会有竞争
还会有阳光下的追求和抱负

但没有了狡诈和阴谋
处处都充满了温情脉脉的觉悟
一株草不会去袭击另一株草

一棵树不会去诽谤另一棵树

世界上将不会再有——
肉麻的吹捧和攀附的轻浮
草用芳香和微笑向世界问好
树就是应当多奉献一些的树

小草和大树可以愉快地交朋友
树不怠慢草，草无须恭维树
携手分享阳光和雨露——
是生命都表现出生命的风度！

所有的欲望都是节制的
所有的竞争都是本分的
绿色的地球呈现出绿色的谐调
——如果没有大大小小的灌木

通向湖滨的是柔软的草地
通向幽林的是张开臂膀的树
世界上不再有春游的禁区——
重阳登高不再是少数人的情趣

然而，今天横行在这个世界的
——是那些不大又不小的灌木
整个世界都充满了险恶——
荆棘几乎布满了每一条路！

荆棘丛下有毒蛇血红的舌头
灌木林里有豺狼出没的洞口
小小的疏忽也得付出血的代价
心灵之间缺少了宽容和理解

不能允许灌木横行在这个世界
人类应高举清除灌木的刀斧
——为了人类的子子孙孙——
不再有祖先有过的悲剧和痛苦

应该爱护每一株柔弱的小草
应该扶持每一棵站立的大树
不能让邪恶的欲望横溢
不能让灌木离间了草和树!

我诅咒灌木!我诅咒——
拥挤在草和树之间的灌木!
我赞美阳光也赞美雨露
我赞美小草也赞美大树!

我请求:进入现代的人类
用现代的手段将灌木清除!
我希望:这个有限的世界
不再用有限的空间供养灌木!

我们这个已经登上月球的天体
应该充满和平的安详宁馨

而决不能在没有尽头的——
恐怖和呻吟声中走向毁灭!

为了唤醒一些大树的良知
为了唤醒一些小草的勇气
我诅咒灌木!竭力地诅咒——
拥挤在草和树之间的灌木!

88年3月于合肥

遥远又遥远的

炎热的风把我的衣衫脱光
球场上铺一张草席
寂静的山野里平躺
又一次和夏夜的星空相望

许久,许久
呆呆地望着满天的星斗
汗津津地——

我汗津津地失眠了
失眠了,我——
回到了遥远又遥远的童年

那是一方市井小院,晚上
错落地摆放了三四十张竹床
有用方凳或条凳架起来的竹床
也有带腿的竹床
挤挤挨挨的竹床上有:
　　摇芭蕉扇的大嫂
　　穿裤衩的姑娘
　　打赤膊的汉子
　　光屁股的孩童
　　其中,有个带把的
　　　　就是小时候的我

高高矮矮的凳子和竹椅
加起来有百多张
占据了竹床与竹床之间的走廊
也堵塞了小院人家的门和窗
凳子和竹椅上有:
　　坐的和跷的
　　三三两两聚堆的
　　老老少少围着的
　　钢精锅装的凉开水

在拥挤的小院里纳凉

同样也有一些名堂
比方，竹片子躺椅有那么三张
就着小院深处唯一的一口
　　幽森的古井边上
鼎足停放
　　　　还摆得疏疏朗朗
支撑起三只泡着浓茶的搪瓷缸
三位抱着搪瓷缸的中年男性
一位能说得出自己祖父的祖父
　　在一百五十年前是怎样
　　　　考中了举人
一位能娓娓道出《梅花谱》
　　和《桔中秘》的典故
一位更是小院里共认的百事通

在凉爽得多的幽森的古井边上
这三位总是互相捧场
终于，捧出了疏朗
也捧出了固定的地方

小院里的成年人
都是好不容易才熬到晚上
纳凉时难免会做一点释放——
汗味伴着白天攒下来的俏皮话
在从院墙外滑进来的
　　夏夜的炎风里飘荡

放声的欢笑和萤火虫一起
在爬满苍苔的墙角
　　忽闪忽闪地发光
老奶奶掉了牙的故事
和肯定是很不卫生的
　　小院外细曲窄巴的
　　　　护城河一样
但是看上去却清亮清亮
听起来也喷香喷香
老爷子的旱烟枪在青石板上
磕得哐哐哐哐，在——
老奶奶的故事走得太远的时候
或是接不上茬的地方

当远方隐隐传来更鼓的声响
新新旧旧的竹床旁
便燃起长长短短的吊着的
　　马粪纸卷的锯末蚊香
凳子和竹椅开始往屋内撤退
竹床上容不下的也得跟着撤退
有时，关于撤退的人选问题
冷不丁会迸出一两声骂骂咧咧
不过，在竹床上过夜
小院里有个大致的原则——
孩童和胖子优先
带把的和汉子优先

稀稀拉拉的撤退渐渐完毕
小院里也渐渐安静
最后只剩下一片宁馨
　　　和单调的嘎吱嘎吱声
嘎吱嘎吱地——
在宁馨的夏夜里
三四十张宽宽窄窄的竹床
　　　　　　　　　　摇响
摇响一方市井小院的古朴
摇响一方市井小院的风情
摇响一方市井小院的梦乡

今夜，满天星斗似海
一弯新月似船——
把我载回遥远又遥远的童年
一去不复返的童年
涂抹了中世纪
　　田园之黄昏色彩的童年
哦，我的——
座落在江淮平原上的故乡
哦，我的——
遥远又遥远的一方市井小院的
　　夏夜的童年

小院里的地都是傍晚泼了水的
泼了水没有空调也不凉爽
可小院里本分的居民

却都活得很安详
　　　　很安详

小院里的天挂满了星斗
挂满了孩童站在竹床上
　　怎么踮起脚尖也够不着的
　　　　十五支光的灯泡
可叔叔和阿姨的心
大哥和大姐的心
小手一样够得着
　　　　够得着

每到农历中旬的时候
大姐姐那又粗又黑又长的发辫
就如同又粗又黑又长的蛇一样
荡漾着小院里如水的月光
　　和下半夜的馨香
哺乳阿姨那白净白净的臂膀
就如同刚捞出池塘的藕一样
在小院里如水的月光下
浸一层甜津津的清凉

小时候我很调皮
总喜欢这张竹床蹦到那张竹床
这里打碎一只
　　令阿姨心疼的玻璃杯
那里跌掉一块

令叔叔难过的搪瓷
母亲打我我就大声地哭
我哭——
叔叔阿姨会哄我
大哥大姐会抱我
有时候，母亲把我搂到怀中
假装疼我——
一只手捂住我的嘴巴
一只手就在我的屁股上
　　用力地拧
没有声音——
我的小脸挣得通红
一双小脚在母亲的肚子上猛踢
（长大后听母亲说——
　我在她肚子里的时候
　就喜欢用一双小脚
　死踢她的肚皮）
最后，总是母亲扑哧一笑
重新把我放回竹床上
回到竹床上我就高声喊：
"妈妈是坏蛋"——
小院里掌声轰然
　　　　　　　笑声也轰然
轰然声中我和妈妈都笑得很甜
　　　　　　　很甜很甜

小院里的夏夜和现在一样热

可并没有飞来飞去的商品信息
像在夏夜里飞翔的蝙蝠一样
繁忙地捕捉着蚊虫和苍蝇
也许是货币太少吧——
物价从来都不曾是
　　小院里纳凉的话题
可小院里夏日的黎明
总是被院墙外从城郊赶来的
　　菜农的悠扬的叫卖声吵醒
院墙外窄窄短短的菜市上
并不少大清早的讨价还价
可从不曾发生过
　　因短斤缺两而引起的争议

小院里没有彩电没有冰箱
也没有组合音响
可更没有这些东西
　　带来的隔膜和寂寞

小院里不曾有过时装热
也不曾刮过抢购风
更不曾有过离婚起诉书
谁家若是出了风波
特别是夫妻不和
整个小院都会做思想工作
是谁的错最后总能清清白白地
　　指出是谁的错

也常有男人打女人
但不管是真打还是假打
抑或女人本身有点二百五
别的男人都会一样拉偏架
女人就更袒护着女人

小院里的男人都在工厂里做工
挣钱养活女人和孩子
女人在家管孩子和做饭
日子都能过得去
但也都过得紧紧巴巴
紧紧巴巴得——
挤不出颓废也挤不出无聊
挤不出闲情更挤不出风骚

小院里纳凉的那些话题
今天想来也委实令人发笑：
北门的水淹死了个
　　活蹦活跳的姑娘
南门的雷劈死了个
　　就要当新郎的青年
东门抓到一条两个头的蛇
西门发现一只没尾巴的猪
还有许许多多关于
　　因果报应的鬼和神的传说
让孩童听得提心吊胆
大小伙和大姑娘也听得

兢兢颤颤

小院里的人们就是通过这些
　　粗俗鄙陋的话题
抒发着对于这个世界
　　浅浅薄薄的感叹
也打发着粘粘糊糊的
　　夏日的夜晚

遥远又遥远的小院
小院里六七十年前修建的
　　　一周砖木结构的平房
还有一圈只开一扇门的
（门内带个大插闩）
　　把小院封闭起来的
　　（连一个孔都不开）
　　内壁爬满葡萄藤的
　　长方框一样的
　　　　青灰砖的院墙
早在许多年前就被铲平
换成了两幢二层楼的职工宿舍

前年，听家母来信说：
两幢简陋的职工宿舍已被推倒
去年，听家父来信说：
小院的原址上——
竖起了一座九层楼的工商银行

哦，我的——
遥远又遥远的小院
哦，我的——
小院里夏夜的童年

今夜，因为停电
风扇摇不响
办公室也没有灯光
追逐着黑暗中烤熟的一团灵感
我平躺在滚烫的球场上
和星空相望，这就涌来了——
遥远又遥远的记忆
遥远又遥远的童年
在山野里渐渐凉下来的风中
摇响，摇响——
我今夜的失眠

今夜，失眠——
遥远又遥远的童年
遥远又遥远的小院
就着星空，打开电筒
我裹起山野里渐渐
  凉下来的炎夏的风……

      88年7月20日初稿于景德镇湖田山
      88年8月完稿与景德镇湖田山

台 阶

很虚，上升的台阶
虚得如海滩的沙塔
玩耍着塌陷的诡诈
很实，下降的台阶
实得如碑林的赑屃
支撑着残缺的肢体

有人如厌恶腥膻一样厌恶台阶
有人如渴望初夜一样渴望台阶
有人心疼被台阶磨破了的鞋子
有人预先定做的鞋可编一个排

有人铺垫上台的台阶
有人乞求下台的台阶
有人一生都在台阶上升升降降
有人一生都在台阶下沸沸扬扬

或许因为缺少一个上台的台阶
有人便拿灵魂做起买卖
或许因为缺少一个下台的台阶
有人只好从楼上跳下来

有楼有庙就会有台阶
有机关有人物就会有楼
上楼，有人轻捷有人笨重
下楼，有人迟缓有人飞快
有人堵在楼梯口不动
有人就是找不到楼梯口
还有人上上下下都要人抬
只是担架在转弯处决不是美差

登上泰山可观日出可揽月
但要一级一级地爬过十八盘
何况山上很难找到长住的旅馆
下山或许比上山还要艰难

还有那些高攀的爱情
也如一串磕磕碰碰的台阶——
漂亮的姑娘全躲在密林的深处
高高低低的石级七绕八拐
为了能吃上天鹅肉
你只好颠上颠下紧追不舍：
幸运的你活捉了自己的猎物
倒霉的你还得赔上口水和鼻涕

有人把每一级台阶都当作起点
有人在每一级台阶都放出过血
有人在台阶上忽然想到了出家

有人出家仅仅是为了忘却台阶

尽管大腿骨折已不是新闻
摔破脑袋也时常发生
可裹上栽绒红地毯的台阶
照样反射着想象力的油彩

哦,台阶——
吊起胃口或沾满血迹的台阶!

89年3月14日于景德镇湖田山

都 市 生 活

吸进污浊的空气
再排出油腻腻的肉体气息
在金属和非金属流中走走停停
走走停停地织出拥挤的风景

汽车甩出的尾烟
工厂吐出的彩雾

来来往往卷起的尘埃
稠密的人口产生的稠密的垃圾
压缩空间释放的呻吟
火柴盒限制了个性
摩天楼割据了蓝天
层出不穷的车祸和刑事案件
——所有这些都市的问题
如足球一样踢来踢去的问题
早就反复提请审议的问题
许多法律条文可以套上的问题
谁高兴了都可以插一手的问题
最后都得靠都市的公民来消化
——消化不良也得消化
拉了肚子也不会有特效药片

在人的森林里
你因不知道向谁倾诉而呆立成
　　孤独的岛屿或礁石
——在不竭的海浪声中
听凭灵觉的哭泣

胳膊常常碰到胳膊
大腿常常撞上大腿
可心与心之间却彼此不可企及
特别是那互不相识的
　　男女之间的嫣然一笑——
活活将心与心之间

——特写成星与星之间

物质文明涌进了胡同
情感血液阻塞于瓶颈
眼影粉仿佛窗子上的灰尘
窗子上的灰尘又仿佛
　　都市的眼影粉

街道很多
可供你回旋的只有
　　小小的点和短短的线
商店很多
可大多数你没有闲暇光顾
花样很多
有许多你不清楚也不想清楚

完全陌生的面孔太多
你感觉到一种
　　挣扎在水中的窒息
熟悉又不熟悉的面孔太多
你感觉到自己
　　和这个世界的联系太脆弱
需要死记的数字太多
你忽然会认为——
自己也不过就是一个号码

有一天，你终于发现：

你只是江河上的一具漂浮物
随流水的流动而流动——

你仅仅属于顺势
　　　往低处流去的流水
你决不属于
　　　　你自己……

89 年 4 月 17 日于合肥

我 愿——

我愿我的眼睛清澈一些
不要让花月的倒影蒙上阴影
我愿我的鼻子高雅一些
不要去如蝇追逐腥膻的东西
我愿我的嘴巴干净一些
不要大咧咧地充当了污染源
我愿我的耳朵原则一些

不要随便放进任何一个小鬼

我愿我的腿脖坦然一些
不要轻易变卖了祖先的勇气
我愿我的膝盖完整一些
不要让干渴的耻辱碰碎了人格
我愿我的屁股方正一些
不要歪斜得仿佛没有了骨头
我愿我的腰杆汉子一些
不要自己讨娘儿们瞧不起
我愿我的肩膀顶用一些
不要麻烦别人来扛自己的脑袋

我愿我的心肺亮堂一些
不要让阴暗的算计妨碍了呼吸
我愿我的肠胃健康一些
不要滞纳粗茶淡饭成结石
我愿我的血液热和一些
不要因为挫折而丧失了激情
我愿我的欲望寡淡一些
不要让名缰利锁囚禁了欢乐
我愿我的手脚勤快一些
不要让寄生的生活锈蚀了智慧

我愿我的肝胆平静一些
不要让鸡毛蒜皮淤塞了胸怀
我愿我的气质深沉一些

不要因小得小失而大喜大悲
我愿我的爱好超脱一些
不要让低级趣味蚕食了人生
我愿我的追求幽远一些
不要让急功近利乱了淡泊宁静
我愿我的情感粗犷一些
不要耽溺风花雪月而精神萎靡
我愿我的学识渊博一些
不要让浅陋束缚了立体思维

89年9月24日于景德镇湖田山

警察,哪里去了?

公元1991年10月18日下午
哈尔滨火车站站前商场的门前
一伙油头粉面的男女
手持高分贝麦克风
招徕摸奖游戏——
五元钱摸一张填了
  六个阿拉伯数字的纸片

没有公证
也没有任何监督

这是一个寒风猎猎的阴天
电子琴乐队的伴奏引来围观
麦克风飘出不堪复述的
　　爬满霉菌的污言秽语
一个个拙劣地模仿
　　电视节目主持人的风度
低级下流的语言迷雾的背后
凸出的是对社会与现实的
　　恶毒攻击

这是一伙刑满释放分子
还是一个现代的吉普赛部落？
乱伦、群居——
从他们彼此的轻佻与挑逗中
我吃惊地断定
玩世不恭的外壳包裹着的是
　　阴暗的心理和世纪末情绪
——可怕地污染着空气！

一伙男女轮流着神气地用
　　高分贝的麦克风公然叫喊
再拼凑个电子琴乐队伴奏
——五元面额的摸奖
在闹市，在白天

在共和国的土地上
我尚是有生第一次见到——
此可忍孰不可忍？

在这个寒风猎猎的阴天的下午
许多行人的注意力为之吸引
公共交通为之局部受阻
哈尔滨站前的景观则显得滑稽

他们有没有执照？
他们经过谁的批准？
关键的关键在于——
这并不是一群低等的动物
而是一群有头有脑的人
对社会与现实极度仇视的人

上至政府下至性交
都是他们肆无忌惮的话题
这不仅仅是公开设赌的问题
这是明目张胆的挑战！

那如同喝醉了酒的神态表明
这伙人一个个自以为
　　比别人都聪明
但粗俗放肆的言谈举止说明
这伙人已完全泯灭了
　　是非与善恶的界限

在公众场合,他们——
虽是人,又不能算人

我驻足在无声但却骚动的
　　围观的人群中
听乐队疯狂地伴奏
听寒风猎猎地吹拂
咀嚼着愚昧
克制着愤怒

一个个愚昧的公民掏出
　　五元的纸币
迎着滴得下油的欢迎声
去摸六个阿拉伯数字
去摸所谓的运气
没有人反对也没有人制止

奖次共分十二等
从簇拥在准吉普赛女郎
　　和骑士中间的彩电
到人人都可领一瓶的洗发精
　　及美加净之类
不过,彩电始终不见有人抬走

一拨又一拨指望捡大运气的
　　可悲可叹的公民
将钞票塞进这伙人的腰包——

有人拿一个瓶子就知趣地走了
有人拿几个瓶子骂咧咧地走了
有人抱一堆瓶子哭丧着脸离去
偶有人撞上一只铝合金电饭煲
乐队便立即奏上一支
　　高亢的马赛曲
这伙男女更是不失时机地
　　向围观者冗长地广告

超过五元的奖品还有
　　其它一些滞销的商品
虽稀稀落落
但都照例吹吹打打十分热闹

在闹市，在白天
在共和国的土地上
我冷眼，我愤怒——
我们的警察
此时都哪里去了？

公元1991年10月18日下午
一个呐喊在我胸腔里奔突——
警察，哪里去了？

　　　　91年10月18日于哈尔滨北宛饭店

致 大 海

我愿我的激情
在我整个的一生里
都能如你一样永不寂灭
而不只是一股
　　　打上堤坝脑壳的巨浪
开放出一丛闪光的浪花后
便很快地平静

无始无终地不竭涌动
　　　是你的灵魂
也应是我的精神——
水在水中是你秘密的一切
血在血里是我活力的原因

我愿你永远都是我心胸的写照
而不仅仅是我漫步沙滩的背景

我要让人生里所有屈辱的泪水
　　　和强撑的笑颜
都埋葬到你的深渊里
而欢乐的泪珠和纯真的笑容

则用来衬亮你无边的波涛

我祈求你一排又一排的浪花
永远洗涤着我心灵的污浊
将我面向太阳与太阴的尊严
一刀又一刀地雕刻成
　　岿然的礁岩

啊，大海——
我脉管与笔管的源头
我睡梦与灵感的摇床
我沉思与冥想的故乡

生我养我的古老的民族和国土
富饶的山川与广袤的版图
多难的过去与锦绣的未来
就是载浮我这一叶生命之舟的
　　烟波浩淼的大海
原始的诱惑如冉冉的朝阳——
每一个早晨都是新鲜的

啊，大海——
在我心中澎湃不息的大海！

　　　　92年7月6日于厦门鼓浪屿

没 有

没有比缘分更难解的死结
没有比相思更幽深的暗井
没有比等待更漫长的河流
没有比追求更坎坷的道路

没有比渴望更躁动的港湾
没有比向往更神奇的彼岸
没有比耕耘更凝重的背影
没有比远方更辉煌的城堡

没有比嫉妒更邪恶的魔鬼
没有比谣言更凶险的漩涡
没有比善良更醉人的温暖
没有比美德更强劲的支撑

没有比误会更伤心的委屈
没有比理解更滋润的雨露
没有比功利更脆弱的友谊
没有比金钱更多余的占有

没有比绢花更滑稽的微笑

没有比野草更蓬勃的生命
没有比表白更荒唐的浅薄
没有比缄默更坚忍的执著

没有比淡泊更宁静的愿望
没有比寡欲更清心的操守
没有比懦夫更轻贱的骨头
没有比英雄更刚硬的脊梁

没有比真诚更放肆的坦荡
没有比虚伪更羞涩的拘谨
没有比信仰更虔诚的跋涉
没有比真理更锋利的太阳

没有比劳动更潇洒的尊严
没有比寄生更可耻的生活
没有比双手更瑰异的奇迹
没有比创造更灿烂的天空

没有比祖国更神圣的字眼
没有比汉字更智慧的方块
没有比炎黄更经久的文明
没有比华夏更绵长的历史

没有比青春更美好的岁月
没有比成就更宽心的安慰
没有比大海更慈爱的摇床

没有比星空更高远的诱惑

没有比洗礼更圣洁的飞翔
没有比丰碑更不朽的建筑
没有比伪善更危险的陷阱
没有比良知更坚实的大地

没有比心灵更美妙的音乐
没有比征服更磅礴的诗歌
没有比自然更逼真的图画
没有比和谐更完美的风景

没有比疾恶更刻骨的博爱
没有比扬善更深远的阴德
没有比谦让更阔绰的自由
没有比修心更纯粹的养性

没有比初月更含蓄的朦胧
没有比眼睛更不测的意境
没有比胭脂更愚蠢的掩饰
没有比时间更残酷的裁判

没有比自弃更残忍的自戕
没有比自信更坚挺的自勉
没有比自卑更可鄙的自贱
没有比自尊更堪敬的自强

没有比自知更有用的心智
没有比识人更敏锐的目力
没有比感恩更起码的道德
没有比从善更高贵的品质

没有比疾病更可恶的敌人
没有比健康更亲善的朋友
没有比宗教更柔韧的拐杖
没有比科学更结实的梯子

没有比名誉更无价的项链
没有比品格更驱邪的戒指
没有比仁义更灵光的高尚
没有比忠厚更可靠的山墙

没有比谎言更常见的欺骗
没有比坦率更赤裸的勇敢
没有比背叛更刺激的传闻
没有比折桂更欢腾的喜讯

没有比堕落更柔软的滑梯
没有比理智更肃穆的警醒
没有比懦弱更狼狈的命运
没有比醒狮更高昂的头颅

没有比离别更悲怆的歌谣
没有比礁岩更无语的沧桑

没有比山峰更巍峨的孤独
没有比掌声更薄云的寂寞

没有比潮流更矫健的步履
没有比书籍更明亮的灯塔
没有比奉献更壮丽的拼搏
没有比公正更崇高的准则

没有比正义更庄重的威仪
没有比浩气更骄傲的笑容
没有比血泪更肥沃的泥土
没有比志向更殷实的种子

没有比献身更伟大的理想
没有比苟活更渺小的灵魂
没有比牺牲更慷慨的付出
没有比自私更无耻的品行

没有比去国更踟蹰的选择
没有比怀乡更撕心的疼痛
没有比母亲更博大的怀抱
没有比游子更伤情的中秋

没有比日出更壮观的诞生
没有比狂飚更诗意的风暴
没有比雷电更威猛的火龙
没有比春水更浪漫的激情

没有比国泰更昌盛的现实
没有比民安更永恒的主题
没有比政通更堂皇的光荣
没有比人和更古老的梦想

没有比过去更珍贵的故事
没有比从前更神秘的传说
没有比未来更豪迈的史诗
没有比明天更卓越的经典

没有比盟誓更庄严的承诺
没有比使命更直接的驱遣
没有比意志更饱满的金属
没有比花蕾更充盈的语言

没有比负笈更痴骏的求索
没有比报国更啼血的杜鹃
没有比责任更牢靠的缆绳
没有比爱情更沉重的翅膀

96年8月3日于景德镇湖田

现代少妇安娜

安娜怀孕了
在街上连卜了三卦都说是男孩
安娜逢人便说：
"我想要个姑娘"
一脸的灿烂

这晚，安娜手抚
腆起的肚皮问丈夫：
"你是要女还是要男？"
丈夫讨好地说：
"你的喜欢就是我的喜欢"
安娜说："我喜欢女孩"
"只准生一个还是女孩好"
安娜一夜无言

一天，婆婆屁颠颠跑来问安娜：
"听说你打了三卦都是男孩？"
"算卦从来都是不准的
我和斯基都想要个女孩"
婆婆一天无言

二十世纪末中国的婆婆仍然传统
但能理解现代
如果儿子现代

才六个月,过剩的营养使安娜
肚子凸得仿佛走不动路了
斯基和婆婆不再让安娜去上班
挺着肚子去办公室的确有碍观瞻
安娜开始在家休养
为了未来食来张口

这夜,安娜枕着探戈的旋律入眠
梦中自己被命运之神追赶着
在五月芬芳无边的草原
"哇——"一声有力的哭啼
宣告自己终于生产
婴儿两条粉嫩小腿中的那点东西
闪动如火焰,飘忽如旗杆
婆婆一下扑过来,喜泪纵横
双手举起旗杆如举起余生的希望
丈夫洗涮动作迟缓了点
自己便用脚踢了踢尿盆
斯基便进一步地奴仆,眯着眼

早晨醒来,安娜的脸
和阳光一样妩媚

终于进了产房
终于熬过上天入地
只是好像哭声不是很响
安娜什么也不问
只叫护士将婴儿抱过来
送到自己的眼前
之后安娜掰开两条小腿
没有火焰也没有旗杆只有一条缝
安娜一脸煞白,晕过去了

醒来安娜见婆婆坐在自己的床边
两个女人四目相对
无言胜过有言
好一会婆婆才开口
声音有些颤抖:
"苦了你,安娜"
"哇——"安娜扑到婆婆的怀里
起伏如大海上的风暴
婆婆抚摸着安娜光滑的肩膀——
因为婆婆读得懂安娜此刻的哭啼
所以自己不哭

斯基仿佛无心,跑前跑后
脸上既无放声的笑容
也无动情的悲哀
有的只是十二分的勤勉加小心

同事们纷纷来看安娜纷纷说:
"祝贺!祝贺!
你终于心想事成——
这个世界又多了一位天使"
安娜竭力挤出笑容:
"谢谢!谢谢!
这下心终于踏实了——
只愿孩子像她爸一样聪明"

回家后,安娜看着丈夫捧着女儿
又亲又吻的热乎劲
心里直觉得发酸

第二天上午婆婆出去采购了
斯基又端来一碗羹
安娜入口后感觉咸了
不由得怒从中起,脱口骂道:
"你这个不顶用的东西!
怎么放这么多盐
要咸死我们母女啊"
斯基连忙将羹端回厨房
加了水和有关溶质,重新调匀
不一会又端进来了:
"幸亏生了个女孩
长大后我敢担保她和你一样迷人
要是生个男孩,那还不和我一样
是个恨不得一天掰成两天

伺候老婆的废物"

看着斯基递过来的鬼脸
安娜心又一酸
极想回报一个甜蜜的笑容
但终于没能笑出
只是叹了一口轻轻又轻轻的气:
"你真是个好人,能嫁给你
真是我今生的幸运"
斯基将脸背了过去
但偷偷抹掉的却是替安娜流的泪

孩子三个月后,安娜便套上
防止奶子下垂的乳罩,上班去了
孩子交给了婆婆和斯基——
孩子只享受了一百天的母乳

孩子上学了。接送和生活
斯基义不容辞地全包
花朵的绚丽仿佛真的将斯基
迷醉在不醒的幸福季节里

而安娜,安娜在苗条霜
丰乳膏、口红、增白粉的簇拥下
三十岁看上去竟然和
二十岁没什么两样

笑容,仿佛永远开放
在安娜的脸上——
在家里笑是因为有斯基
在外面笑是因为不缺少
可供细细品味的朦胧诗

最令斯基安慰的是——
虽然是咚咚响的职业女性
但安娜总是夜夜归家
虽然有时回来晚一点
虽然有时在外面用晚餐

96 年 8 月 11 日于景德镇湖田

十四行歌词与独舞

不　要

不要因为冬天的漫长
而怀疑春天的风景
冰雪的手铐与严寒的脚镣
怎能锁住豆蔻二月的芳心?

不要因为人生的坎坷
而怀疑命运的公平
挫折的沮丧与困顿的悲凉
怎能阻挡走向凯旋的喜庆?

不要因为生命的短暂
而怀疑事业的恒新
流言的纠缠与蜚语的羁绊
怎能污损青春热血的纯净?

只要阳光和月光无偿赐予人类
世界就充满美好的友谊与爱情

　　　　　92年4月8日于景德镇湖田

只要明天还在

只要理想还在
我就不会悲哀
即便现实一百次无情破灭希望
我仍有一百零一次虔诚的期待

只要信仰还在
我就不会悲哀
即便人生是由无数的失败铺就
我依然祝愿成功能像鲜花盛开

只要太阳还在
我就不会悲哀
即便命运的船总是颠簸在黑夜
我照样执著地等候黎明的到来

只要明天还在
我就决不会悲哀!

92 年 4 月 12 日于景德镇湖田

心灵的故乡

你拥有一缕阳光
我拥有一缕阳光
千万缕拥有
交汇成人世间的辉煌

你奉献一缕阳光
我奉献一缕阳光
千万缕奉献
托举起高扬爱的帆樯

你分享我的阳光
我分享你的阳光
彼此珍惜着分享
共同遨游在生活的海洋

只要人人都拿出一点真诚
这个世界就会是心灵的故乡

92年5月23日于景德镇湖田

为了那份爱

为了那份遥远的爱
我在苦苦地等待
等待爱的帆影
等待爱的云彩

为了那份真诚的爱
我在痴痴地等待
等待爱的甘泉
等待爱的情怀

为了那份揪心的爱
我在漫漫地等待
等待爱的笑窝
等待爱的湖海

为了那份爱我在风雨中凄冷徘徊
为了那份爱我在岁月里执著等待

92年5月24日于景德镇湖田

春 夏 秋 冬

张扬风帆在于春
一生的希望在于浪漫的青春
浪漫的青春里千万别忘了耕耘
错过了播种会悔一生

创造辉煌在于夏
人生的奥秘在于奉献的真诚
真诚的奉献支撑起繁茂的树冠
汗水缤纷织出灿烂的人生

收获果实在于秋
生命的尊严在于飘香的金秋
伏笔不言都站立成低垂的诗行
雄浑的咏叹消散在天地的尽头

慈祥的雪花是一个美丽的承诺：
心与心相逢在燕归来的时候……

94年1月1日于景德镇湖田

难买沧桑

无言的沧桑写在脸上
不语的冷暖留在心里
脸上的沧桑沉淀了岁月的风霜
心里的冷暖记录了世态的炎凉

纯的是花季花事的天真烂熳
真的是孜孜追求的人生高远
善的是该长大的终于长大
美的是不该改变的没改变

太多的沧桑赏我一张成人的脸
太多的冷暖赐我一颗丰富的心
满面沧桑心仍和少年时一样
一腔冷暖撑开了我男人肚量

水要温柔山要阳刚
女人难买年轻男人难买沧桑

94 年 10 月 4 日于北京

我愿平淡地度过此生

随着光阴的脚步铮铮
青春的幻想渐渐消散于烟云
终于知道客观地看待社会和自己
我愿平淡地度过此生

随着岁月的脚步铮铮
青春的狂热渐渐飘逝于雨魂
终于知道公正地看待内心和他人
我愿平淡地度过此生

随着跋涉的脚步铮铮
青春的躁动渐渐入定于红尘
终于知道从容地看待世俗和功名
我愿平淡地度过此生

平平淡淡,认认真真
我愿平淡地度过此生

95 年 4 月 12 日于景德镇湖田

船

心是发动机,手是杠杆
眼是雷达,脑是罗盘
我这血肉之躯便是一艘——
负载信念和理想的船

百折不挠的人生追求
是搏击在大海上的帆
坚不可摧的人格力量
是高举在大海上的桅杆

在命运的汪洋大海上
我是一艘接受了挑战的船
凭借着智慧和勇敢
执著地驶往黎明的彼岸

因为马力还不够,今夜我
不得不停泊在这避风的港湾

83 年 1 月 18 日于景德镇

致 雄 鸡

我愿是一方青石
托举你破晓的雄心
我愿是一湾池塘
映衬你高昂的姿影
我愿是一片灌木林
陪伴你青春的光阴
我愿是一簇野杜鹃
衬托你彩色的金翎
我愿是一缕拂晓的风
——穿过漫长的夜
传诵你开醺的消息
我愿是一串春溪的梦
——遣散冬日的雾
回荡你映日的高啼

88年6月26日于景德镇湖田山

洗　澡

全部脱个精光
为了冲洗掉污垢不得不这样
一旦冲洗干净
再把衣裳穿上
各人穿上各人的衣裳
穿好后都红光满面地走出澡塘

走出澡塘后我忽发奇想：
什么地方有灵魂的澡塘？
这个世界上如果有——
我一定按时去冲洗冲洗思想
可是，除了书籍的海洋
我还没有发现灵魂的澡塘

倘若成年累月地不洗澡
我不敢想象我身体的健康

88 年 6 月 28 日于景德镇湖田山

平 常 岁 月

日历还是由太阳和月亮揭撕
只是传奇里不会有——
我这一段岁月很平常

远方的风景仍然在远方
抵达远方的路依旧很漫长——
今天和昨天我不会有什么两样

虽然抵达远方的路依旧很漫长
但我毕竟每天都揭撕日历一张
能宁静地跋涉几多的平常岁月
有一天就会拥有几多的不平常

傻了般微笑在平常岁月里
我活得和平常的农民一样——
鞭子打得着耕牛打不着岁月
远方是缄默地藏在心底的希望

93 年 6 月 17 日于景德镇湖田

我 想——

我想在深夜点燃一盏灯
照亮找路的人
我想在雨天撑开一柄伞
护送回家的人
我想在霜秋写一首诗
为飘飞的落叶安魂
我想在寒冬唱一支歌
为缄默的种子唤春
我想在时空的转弯处耿耿守志
浇铸信念
我想在心灵的废墟上静静思考
重塑未来

我想在这个无言的岁末
特书两个字：等待

94年11月3日于北京

我 的 原 则

宁可亏了自己不亏亲人
宁可亏了自己不亏朋友
宁可亏了自己不亏同事
宁可亏了自己不亏社会

宁可自己一生俭苦
也不薄待往来的师长和亲朋
宁可自己一生清贫
也不收割背靠的国家和别人

这生我不信任何宗教
但信这四个字：吃亏是福
这生我不奉任何教条
但奉这四个字：问心无愧

任何时候任何地方不贪便宜
是我活在这个世界上的原则

> 97 年 3 月 16 日于景德镇湖田

我的每一天

黎明,都是亲切的邀请
黄昏,都是愉快的送别
无论阴晴圆缺
笑迎酷暑严寒
光天下不做坏事
黑夜里不生邪心

有事做时决不偷懒
无事做时怡然读书
心无风雨时读有字书
心有风雨时读无字书

有事做时自然觉睡得好
无事做时也能舒坦入眠
摆正了心事,就知道活着——
每一天都是上苍的恩赐

99 年 10 月 12 日于景德镇湖田

十四行人物与肖像

远 行 人

从不为拣镍币而弯腰
他专注于远方的城堡——
一枚枚以滞留为代价的果子
虽唾手可得但他却宁肯不要

孤独到旅途上常常只有自己
穷困到仅剩下一双解放了的脚
他人生唯一的诱惑是远方
半饱半饥仍然放声对天地谈笑

山为无辎重的跋涉者让路
水为无负累的泅渡者让桥
无怨无悔的天涯客献出背影
作为他对这个世界唯一的回报

他知道,只有意志的火把
才能够燃亮黄昏里的城堡

91年4月2日于景德镇湖田

大 隐 者

不避喧嚣的市声
但他怜爱自己成一座孤岛
听吵闹的浪啃
任浑浊的潮咬

市声的浪潮来回啃咬
将他肥嫩的青春一块块吃掉
而那点浪潮吞咽不下去的
便被吐出便被称之为：节操

节操是血肉中的骨
节操是大海上的礁
在物欲横流的人海里
擎举他的心灵成不沉没的岛

过市他从不遮颜
来客他放肆谈笑

92 年 5 月 18 日于景德镇湖田

叶 挺

有人写了一辈子所谓的诗
却没有一首为人记取
将军的一首"囚歌"
却一直流传到今天

这是将军以整个人生的浩气
写下的唯一的一首诗
昭示了一个最简单的道理——
只有那些大写的"人"
才能写出不朽的诗

一道栅栏区分了人与狗
做人很难做狗却很容易

宁肯不要所谓的自由
也不以手做前腿——
去当抽掉脊梁骨的狗

92 年 1 月 31 日于景德镇湖田

蒲 松 龄

以那些不经的狐仙狐精的故事
敷演人生
发排寂寞
兼及宣泄

这就难怪了——
你七十一岁始得领衔贡生
令人唏嘘
令人感叹命运

想你仕途绝望归守乡里之后
书也肯定教得不好
否则哪来一部扯淡的《聊斋》
至今尚与世人聊来聊去?

果是文人酸酸不成器
成器又不酸酸文人?

92年2月2日于景德镇湖田

罗 贯 中

发排汉魏合久必分的战争
导演天下分久必合的大势
摇鹅毛扇的并不是武侯诸葛
而是一壶浊酒垂钓江渚的你

"青山依旧在,几度夕阳红"
人间岂能"是非成败转头空"?
其实你悲的是逝水英雄
而伤的却是不遇的自己

祭东风的笑谈斩马谡的传奇
寄托了你几抹秋月几缕春风?
三国的故事缘你填满了大街小巷
与白发渔樵促膝你饮尽钱塘江

在历史小说的高原上
你以帝王将相的头颅筑了一壁墙

92年4月7日于景德镇湖田

伫立海边的老人

在苍莽的海滩上
你站立成一柱岩石
遥望被自己征服过的波澜
从容啜饮着落日的辉煌

巨桨划过的岁月已入定史册
航道布满悠悠跑马的额头
慈祥的目光里没有对手——
你的棋子是星星你的棋盘是大地

晚霞的光芒染红远方的浪涛
翻飞的鸥鸟衔着你浩茫的心事
在涌动着的大海的背景里
海风将你裁削成帆樯的剪影

越拉越长的汽笛声溶入天平线
你目送着的桅杆如抒情诗般起伏

92 年 11 月 2 日于景德镇湖田

李 白

你将花间的明月看成三人
其实你孤独到只剩下你自己
至死不泯"激昂青云"的抱负
无奈始终颠踬在碰壁的命运里

永王璘侧何等踌躇满志
"西入长安"不期旋成泡影
幸赖江湖薄名豁免一死
夜郎崎岖罚你行走二分之一

"十五好剑术"悲刃不染沙场血
"三十成文章"叹锋不掩伤庙堂
不为裴长史与韩荆州所赏
得《行路难》与《蜀道难》绝唱

一生不醒的佩剑宰相梦
歪打正着了诗仙的千秋不朽名

94 年 1 月 21 日于景德镇湖田

曹雪芹

往事的利齿啮噬着残年的记忆
只好荒唐地煮字医痛
药汁凝成粉嫩的模特和人精
穿过食粥的况味和枯槁的痴情
赚得一代代准不遂佳人们
伤心来叹息去都是红颜薄命

一个真才子辛酸的末路遭际
将一个真才子推上了名山
招引得那些专事考古的才子
探不尽的赜索不尽的隐
直敲得肚皮如葫芦响脆
削尖的还有金石大师的花翎

赢得了身后多少所谓的红学家
将人生钓钩垂入你的生平？

　　　　　94年2月21日于景德镇湖田

瓷雕艺人

移走翻译的中间位置
连国界也被灵巧的手指裁去
让情感穿过窑火的微笑
得到拆除语言篱笆的交流默契

知道的实在太多太多——
悱恻的爱情和悲壮的故事
古老的神话和民间的传说
动物世界里生动的喜怒哀乐

将悠长的歌声藏在心底
想象在刻刀的锋刃上翻飞
长短句雕塑成立体的写意
支撑起时空的深邃

最泥土的艺术
再远的地方也能去的杰作

94年3月9日于景德镇湖田

匣 钵

为了推出一件又一件瓷器
一次又一次在烈火中焚烧自己
直至有一天吐一声粗重的叹息
你轻轻又轻轻地破碎

洁白如玉的肌质空灵如诗
而你始终是让红舌亲吻的底座
被吸干汁液后便遭遗弃
与石片和泥土为伍裸呈夕照里

撩开景德镇厚重的名声
我看到没有光泽的光泽的你
想到流血流汗的产瓷工人
顿刻读懂了那凝脂般的釉色

远山，月光，森林
黑瓦屋顶是时间的背景

> 94年3月10日于景德镇湖田

柳 宗 元

庄严肃穆的祠堂道尽了你——
一代名宦的政绩与民心所归
千秋文宗的情怀与临水清影
以及晚唐党争的是是非非
栋梁一贬再贬的颠沛流离

一方山姓柳,一方水姓柳
你之后天下人都知道——
天下有个地方叫柳州
短短四十六年的人生你足了
——立功、立言、立德你全了

以人格洗雪发配南边的屈辱
以操守消解不见长安的忧愁
你去龙潭为民求雨的夜晚
历史和碑文都跟在你的身后

98年1月4日于柳州柳侯祠

屈 原

你曾经峨冠博带
佩剑巡游楚国辽阔的山河
怎奈一腔热血与赤胆忠心
竟不敌妖姬郑袖的裙下风云

摇三寸不烂之舌的张仪赢了
亡国狼烟中楚国的版图萎缩了
你却因先前果不其然的进谏
遭昏君奸臣共妒与不容

"路漫漫其修远兮"
去汨罗的路上梳理着斑驳的楚语
所谓祖国就是自己的命运
苍天无眼你悲愤地抱石沉江

放逐你的人早已被历史放逐
一册《离骚》却与日月同辉

02年10月4日于汉阳五琴花园

陈怀民

公元一九三八年四月二十九日
在大武汉天空弹尽受伤的你
驾机猛地向日寇战机撞去——
金属的火光永远定格在三镇上空

为祖国战死是军人最神圣的荣耀
因有你和你的千万弟兄选择捐躯
中国战胜有史以来最凶险的劫难

在你笑迎牺牲的那个时刻
你的热血便汇入民族历史的河流
永远灌溉着你身后富饶的土地
供中华浩浩子孙万代耕读——
收获无穷无尽的花朵与果实

天空的高度就是你生命的高度
广袤的国土就是你英魂的归宿

05年8月15日于汉口育才一村

剑 客

总是独自夜行,目光如炬
除奸去恶是他的使命
恩怨情仇裸露于尘世凡间
剑气在剑鞘上萦绕徘徊

哪有不替天行道的侠?
自九州有了青铜以来
长亭外,古道边,江湖上
何处没有英雄的血性闪现?

笔是更令鼠辈胆寒的宝剑
只有充满正义的侠才有气力挥舞
剥去道貌岸然者的衣服
撕破假仁伪善者的画皮

他一腔热血挥舞着宝剑报国
山长水远,人生大路朝天

06 年 6 月 11 日于汉口育才一村

十四行流水

零

零——是任何一个 X 的起点
从立锥一点到无穷的线
从弧形一线到旋转的面
从一张白纸到辉煌的诗篇

啊——"零"和"人"
这是一对多么神奇的字眼?
行进在圆天和圆地之间
人应勇敢地接受零的挑战!

起步吧,你先去立起一竖
然后再在一竖后添个圆圈
接着是继续:让圆圈滚动起来
向后滚出一个个站住的圆圈

诱惑,直立的人就是一竖
召唤,燃烧的太阳就是圆圈

82 年 1 月 1 日于南京航空学院

当你不幸被绊倒的时候

当你不幸被绊倒的时候
你应咬紧牙关站起来——
不只是为了你自己
更是为了作为一个人的尊严

你若是从此一蹶不振
便意味着你将失去人生的一切:
蔚蓝的天空和无垠的旷野
峥嵘的山川和谜一般的湖海

你若是男子汉,那么请——
包扎起伤口,擦干净血迹
收藏起眼泪,面向太阳站起来:
绽放一个男子汉的笑脸

一个真正的男子汉的笑脸
足令所有的障碍物都感受到核冬天

86年9月5日于景德镇湖田山

在命运的土地上

在命运的土地上
电气化的耕耘不要指望
古老的劳作方式永远有效
只能靠"小农经营"改良土壤
尽量不要使用化肥
以免土地变得瘠薄又荒凉

在命运的土地上
也可以种一点希望和幻想
但不能吝惜辛勤的汗水
更不能缺乏耐心与气量
千万不要"拔苗助长"
免得土地翻脸无情不认账

静穆地播种,忠实地耕耘
浑沉地等待,持续地希望

88 年 2 月 22 日于合肥

水龙头与感情

能够拧开又能够关掉
可以开大又可以关小
水龙头真妙——
妙就妙在它可调

它决不像有些人的感情
拧开了就再也关不了
关掉了就再也开不了
开大关小同样也是很难调

当然,也有一些人
经过了特殊的训练
感情和水龙头一样可调
比如那些电影演员

如果感情像水龙头一样灵巧
那么这种感情恐怕是变了味道

88 年 6 月 10 日于景德镇湖田山

标点符号

昨天，句号
今天，逗号
明天，冒号

童年，括号
少年，感叹号
青年，问号
中年，书名号
老年，破折号

社会或历史，分号
人生或现实，省略号

这一个世界，顿号
另一个世界，引号
恋爱与少女，分隔号
征服与成功，着重号

89 年 7 月 27 日于合肥

无 花 果

在喧闹的春天——
未能如愿吐蕊飘馨
花枝招展把蜂蝶勾引
寂寞,淹没了本应庆祝的节令
掌声,胎死于青春的梦——
一只在合唱声中摇不响的哑铃

经历了秋风秋雨的淋浸
姚黄魏紫纷纷凋零
而你,却血红血红
灯笼般高挂在秋的坡岭
曾经吞咽到心底的泪——
全化作燃烧深秋的激情

寂寞的春天,燃烧的秋天——
最后留下正果的公平的人世间

   89 年 10 月 10 日于景德镇湖田山

草　帽

献出了麦穗的麦秆
怀着对原野的执著思念
沿着某种宿命的螺旋
盘结成一轮草帽

将厚重的荫凉
赐予在阳光里劳碌的人
一生漫游在原野
一生拥抱着阳光

草帽的上面
是麦穗凝铸的共和国的国徽
草帽的下面
是共和国农民古铜色的脊背

古铜色的脊背
就是共和国的草帽

91 年 2 月 6 日于合肥

纤 索

黄河与长江是两条结实的纤索
左右各一根系在笨重的龙舟上
绵绵延延三千年
承载着鹿如走马灯的中原

四岸星罗的村庄与城镇
在岁月的风雨中
在历史的长河里
纷纷躬身成拉纤的纤夫

行进,在帝王的荒淫中
行进,在人民的血泪里
行进,在辽阔的版图上
行进,在不朽的诗章内

这对纤索并没有断,今天
但拉的是人民共和国的船!

91 年 2 月 16 日于合肥

黑

是色彩中的色彩
一幅缤纷的画面
恰恰正因为绝妙的一点两点
而漾开如蝌蚪般灵动的神韵

是负载古老的智慧的窗口
虽常常招惹忌恨
但偶尔不可遏止地闪电般一亮
往往能倾刻击退打击和迫害

是力量与意志的象征
摒白之轻弃红之薄
取礁石之凝重最泣鬼神——
镇压了一次次企图得逞的命运

是将才华嵌入深刻的媒介
是与众不同或鹤立鸡群的凭证

91年4月21日于景德镇湖田

一 切

所有的黑夜都孕育着黎明
所有的阳光都附带着阴影
所有的鲜花都扎根于泥土
所有的果实都来自于岁月

所有的虚伪都酿造着苦酒
所有的真诚都纺织着绿荫
所有的少女都钟情于偶像
所有的汉子都不屑于屈膝

所有的沉默都包含着顽强
所有的祈祷都隐藏着懦弱
所有的掌声都有背后的泪水
所有的史册都有血染的扉页

所有的洗礼都是心灵的暴风雨
所有的丰碑都是凝固的交响乐

92年1月16日于景德镇湖田

一些古瓷片

将刚出窑的一只残次的碗
随意地往地上一摔
这一极简单的动作
发生于古代的一位无名制作者

岂料古代的一位无名制作者
这么简单的一摔
竟把一只残次的碗
摔成了一些古瓷片

古代制作者出于敬业的摈弃
竟使一些现代人如获至宝——
神神秘秘地忙乱一番
之后将其供于庙堂般的博物馆

这究竟是古代文明的灿烂
还是一些现代人的浅薄?

92 年 2 月 14 日于景德镇湖田

某青年进了机关后说

于原本无意之中
陷入一盘看上去很平淡的棋
看上去很平淡的棋
其实,每动一步都很神秘
中国人际间的智慧与关系
全在平平淡淡的车马炮里

平平淡淡的车马炮分出高低:
低手——冲锋陷阵,顾此失彼
中手——瞻前顾后,步步为营
高手——不动声色,左右逢源

难免有人会被淘汰出局
被淘汰后有人不服重新再来
有人当围观者也滋滋有味——
烟雾里说三道四着妙棋与臭棋

92年6月1日于景德镇湖田

今 天

无数个"今天"
汇合成人类历史的长河
编织出五光十色的花环
裁剪着风雨阳光的浪漫

昨天即便再值得留恋
毕竟已成为永不复返的昨天
明天即便再美妙神奇
毕竟是尚未成为现实的明天

把握了今天便把握了人生
荒废了今天便荒废了未来
人世间最珍贵的——
只能是实实在在的今天!

昨天,今天,明天
相依,相靠,相连

93 年 11 月 21 日于景德镇湖田

青 春

青春不是浅薄的欲火
青春是深沉的付出
青春不是奢侈的挥霍
青春是献身的拼搏

青春不是无忧无虑的梦幻
也不是无声无臭的缄默
青春是怀疑、思索、寻觅
高擎着蓬勃向上的生命火炬

青春本身就值得骄傲
但决不是狂妄自大的理由
伫立风中的悔恨者很多——
那呆滞的眼神最耐咀嚼……

青春是一本并不太厚的册子
谁也别指望读完了之后再重读

95 年 3 月 18 日于景德镇湖田

滑　稽

懦夫妄称自己是信仰的使者
叛徒标榜自己是忠诚的战士

细看像平行四边形的脸孔
不能自然分行语言的皱纹

苔藓咒骂鲜花盛开是讨好阳光
自己却在阴暗潮湿中装点角落

铺路石突出自己而成了绊脚石
语言抛撒着花瓣瓣而成了泡沫

死去的总是要纠缠活着的
活着的却很难摆脱死去的

拥有天空的偏偏呻吟着痛苦
占据角落的反倒洋溢着欢乐

欢乐，人生的月台
痛苦，生命的旅途

　　　　　　95年4月9日于景德镇湖田

烂铁不是金

生锈的是铁不生锈的是金
比金更耐腐蚀的唯有信念
你若拥有了坚挺的信念
你就拥有了如山不倒的脊梁

正是因为缺少信念的脊梁
才使得一些貌似神采飞扬的人
不过貌似神采飞扬而已——
麒麟皮内是烂铁不是金

那些骨骼缺少钙质的人
那些灵魂缺少纯粹的人
怎么可能在风中站立成旗帜
禁得住八面而来的世俗撕扯?

即使表面上镀着耀眼的克罗米
骨子里终归是烂铁不是金

    99年5月21日于景德镇湖田

人 生 中

有些人认识了比不认识更烦恼
有些事知道了比不知道更糟糕

诚实使所有的掩饰解脱成多余
掩饰将所有的诚实变卖成妓女

勇气几乎全是简洁的
懦弱有一半是刁顽的

知识是生活的氧气
思索是懒惰的抗体

冬至的月光太薄
夏至的阳光太厚

越是深陷寒冷的地方
越是感激温暖的阳光

推倒人与人之间提防的墙
便是连通心与心之间的桥

05年4月8日于汉口育才一村

世界上

凡是成为交易的都能互相补偿
凡是狼狈为奸的都能彼此沾光

男人的不幸因为天真
女人的痛苦因为成熟

有烟火的地方就有爱情
也有欺骗和背叛

奸险是万恶之端
忠实是万善之源

激情和理智如牙齿和舌头
进步之树总得浇灌些血和泪

冲决淡漠和猜疑的堤防
人与人之间就不再冷若冰霜

若不辱没最高生命的称谓
人应直立在阳光照耀的大地上

05年4月10日于汉口育才一村

对抗死亡

死亡是人生的大归宿
从烜赫帝王到微末村夫

从古到今对抗死亡只有两途:
一是做出不朽的大事伟业
或写出不朽的文学作品
二是留下自己的血缘后代

正是对抗死亡的不竭努力
使艰难的人生有了意义
使匍匐的人类得以延续并昌盛
也使大地上充满了故事和传奇

也许没有最终哲学上的胜利
但人类会永远拒绝失败——
不朽丰碑在空间上对抗死亡
血缘后代在时间上对抗死亡

05年4月12日于汉口育才一村

家

小时,父母在哪里家就在哪里
婚后,爱人在哪里家就在哪里
老了,孩子在哪里家就在哪里

无后的孤寡者无家
无婚的独居者无家
无国的浪荡者无家

家,是栖所
也是来处与去处
所有无家的日子
都可称之为:漂泊

在远古,除了人气
还要有豕——猪,才是家
房屋下只要有猪
就会有鸡鸣犬吠的长吟短咏

10 年 2 月 28 日于汉口育才一村

劃過雲空

火

火,冶炼出
灿烂的古代文化
——青铜的鼎
闪光的剑和戈

火,煅烧出
巍峨的现代巨厦
——钢铁的筋
彩色的砖和瓦

没有火,就没有
人类文明的诞生和进化
——唤醒莽原的帐篷
诗人与画家

火,始终伴随着
历史前进的阵痛和步伐
——滚过原野的战争
半坡的彩陶与元朝的青花

自由女神高擎的火炬

奥林匹克山上的火把
——仍将召唤着我们
向未来世界开拔！

   81 年 12 月 25 日于南京航空学院

灭火瓶随想

人们希望永远都不要用到你
并希望能以你无尽寂寞的存在
　　换取生活的安宁
可是一旦不得不用到你
人们又期冀你
　　具有比孽火还强大的威力

使用本身就是不可掩饰的悲剧
比如社会设的一些法庭
比如国家养的一批大兵
比如厂房挂的一排灭火瓶

灭火瓶成了紧俏的物品
大兵当选为共和国的明星
法庭推举出保卫者的精英
诗人的歌喉就成了缄默的哑嗓
因为有一溜报告文学作家
——张罗塑造形象的使命

只要有厂房就得挂上灭火瓶
但人们应死死地囚禁
  灭火瓶每时每刻都渴求
    能一展抱负的雄心

遗憾的是不时总有一些灭火瓶
被专家会议评定为国优产品
这些战绩辉煌的国优产品
当然全都是扑灭孽火的神器
    拯救厂房的天使
    拱卫太平的精灵

    88年7月22日于景德镇湖田山

足 球

由前锋、中锋、边锋、后卫
组成的绿茵场上的大兵团
扭成相互交叉的方阵
表演现代的立体作战
踢、顶、盘带、过人、倒钩
横传、斜传、长传、沉底
围追、堵截、拼抢、犯规
罚球、点球、假动作、射门

这是一项十分随意的裸体艺术
这是一项名堂最多的球的竞技

成千上万的人围观
　　绿茵场的劲头所以不衰
是因为成千上万的人喜欢——
喜欢看运气和模拟
喜欢看人生和演义

人类毕竟从中世纪走到了今天
方式当然可以变换
可古罗马围观竞技场的热情

却永远不会枯竭
　　　永远——

88年7月29日于景德镇湖田山

三 只 眼

第三只眼本身并没有窗
只能通过两只眼眶对外开放
两只眼的国家都不设防
第三只眼担任公关小姐
　　和阉割过的门岗

哦，住我楼上

请,请,进屋坐坐
来一杯咖啡,清的
要不要方糖?

哦?住我楼下
嗯,嗯,站开一点
没看见吗——
在这个世界上我多忙?

哦,和我住同一层
哟,哟,怎么说呢?
你最好削尖脑袋搬上去
我买一挂鞭炮欢送
要不你尽快到楼下找个地方
这一层包下了,我早想

第三只眼是不开窗的隧道
第三只眼是捂起来的狐膜
第三只眼是叮当响的算盘珠子
第三只眼是不出火的矸石渣子

88年9月18日于景德镇湖田山

热水瓶与冰棍

热水瓶与冰棍的对比
令我联想到
　　黑姑娘与蓝姑娘
　　古典姑娘与现代姑娘

热水瓶在外表透不出一丝热气
即使冬天用手摸摸也冰凉
可只要你拔出塞子
天哪——滚烫！
有时候甚至在冬天
也热得你受不了

冰棍看上去好像热气腾腾
即使放到茶杯里
也能叫茶杯热得似乎冒汗
可只要你用舌头碰碰
天哪——冰凉！
不过，在夏天
冰棍既好吃又凉爽

如果可以选择同事

我当然是喜欢现代姑娘
如果可以选择妻子
我毫不犹豫——
要古典——姑娘!

89年3月19日于景德镇湖田山

这 个 世 界

这个世界很怪：
在人稀疏的地方
　　或残存的部落社会里
心与心的距离很近
在人稠密的地方
　　或精英荟萃的蜂箱里
心与心的距离很远

在偏僻的小山庄
人与人之间决不会有冷漠的墙
——因为没有隐私也没有阴谋
彼此之间也无需提防

在喧闹的大都市
一具躯壳或许正是
　　一颗心的碉堡
碉堡的森林里——
有无数秘密的秘密
既不介入也不被介入
因此，无数的门
在机械得发涩的表情里
站立成硬邦邦的墙壁

所以，这个世界终于爆发出
　　取消都市
　　取消现代文明的提议——
一个显然没有道理的提议
里面或许包含了一点点道理

　　　　89年4月30日于合肥

卖 刀 人

在闹市的一角
静静地蹲着一位卖刀人

卖刀人不说话
他让他手中的刀替他说话：
嚓、嚓、嚓——
粗粗的一截铁丝
被一点也不损伤的刀刃
利索地切成了一堆
　　匀称齐整的豆粒，和
　　　　啧啧的赞叹声

卖刀人请围观者
从他的刀丛中随便挑一把
由随便挑出的一把刀
　　随便说几句话

有不信任者真的抽出一把两把
一试，果然都是这个世界上
　　超一流的雄辩家

围观者站成的人墙
对峙着街对面——
装裱得挖空心思的广告牌
　　和声嘶力竭的卖瓜人

卖刀人自己不说话
他手中的刀和围观者的眼睛
　　替他说话

　　　　89 年 11 月 30 日于合肥

垫脚石的铭文

过去吧，过去——
从肩膀上踏过去
从脊梁上踏过去
从整个身子上踏过去
只要你能一往无前
　　——我，情愿！

　　　　90 年 1 月 8 日于景德镇湖田

帽 子

是人际间最慷慨的馈赠
最慷慨的馈赠看穿了
其实是不值几文钱的馈赠

也有吝啬的——
因为自己是癞痢头
因为自己极少享受
　　这尽管不值几文钱的慷慨

最慷慨的是那些——
自己脑袋被压得顶不住的人

尽管是不值几文钱的馈赠
但与脑袋尺寸相差无几的奉送
　　往往是一种善良乃至敦厚
恶毒乃至叵测的是那些——
与脑袋尺寸极不协调的强加

这个世界的尴尬常常在于：
能真正顶起高帽子的脑袋
　　并不是很容易就能找到

而真正硕大的脑袋又不是——
随便一顶小帽子就能遮得住的

帽子是有弹性的
脑袋是硬碰硬的

　　　90年1月30日于景德镇湖田

困 境 中

应将自己坚挺成一把匕首
呼啸着冲刺现实
即便一百次卷刃
第一百零一次,仍——
以必胜的信心浴血搏斗
让锋锐的寒光闪烁追求

　　　91年4月13日于景德镇湖田

我赞美啊我歌唱——

深沉的爱似玉孕石腹
艰辛的爱似珠生贝胎
幸福的爱像琴瑟和鸣
坚贞的爱像铁心不改
没有爱的世界怎能延续
没有爱的人间何必存在?
是爱给了人类漫漫的跋涉和历史
是爱给了人生悠悠的牵挂和负载
我以整个青春赞美爱啊
我以全部生命歌唱爱——

我赞美的不只是两性间的热恋
两性间的热恋不过似激浪一排
搏动在爱的大海
我歌唱的不只是母亲的襟怀
母亲的襟怀不过像春兰一丛
在爱的山峰上盛开
我赞美沟通心灵世界的爱的彩虹
我歌唱维系人际温暖的爱的纽带
我赞美理性的太阳照耀着生活
我歌唱感情的江河灌溉着未来!

95年8月13日于景德镇湖田

爱 情

最初到来的信号是失眠
失眠的痛苦包藏着欢乐
有时明知跌进一张无边的网
却不做真心实意的挣脱

坐时,会茫然出神
卧时,会心魂奔突

每一次的寻觅和期待
都伴随着难熬的焦灼

一瞥之中
凝聚着多少情感的密码
浅笑一下
抵得上多少多余的废话？

她使两股生命的涧流
欢欣地向一条河床聚汇
她使两间流浪的灵府
拼合成一座叫"家"的憩园

在有皱纹的脸上她显示着深刻
在白雪般的头上她闪烁着光泽
勇敢的汉子在她面前也会胆怯
泼辣的女人在她面前知道羞涩

她是传奇里的种子
既能结出甜瓜也能生出苦果
她是神话中的魔盒
喜剧与悲剧都装得太多太多

　　　　95年8月31日于景德镇湖田

风行水上

在岁月的风雨途中

岁月,抛落我一双又一双鞋子
风雨,脱掉我一件又一件衣裳
荒原,赐给我一块又一块路碑
圆天,永不疲倦地向我播放
　　古老而又恒新的唱片

有时,勤快的风送我一程
有时,多情的雨送我一程
其实,送与不送都一样
我早就习以为常——
在风里和雨里,不吱声
只知道日夜兼程……

在岁月的山路上,我写下脚印
在风雨的帘子里,我留下笑影
在岁月的风雨途中——
我穿过孤独和寂寞,拥抱重逢

　　　　88 年 6 月 24 日于景德镇湖田山

电　视

排遣着工业社会里晚年的孤独
寂寞因此被酱得更寂寞
掠走了孩子们属于太阳
　　和月亮的时光
导致一代人比一代人颓唐
也使曾经很神秘的高等教育
　　不再独归世族
为火柴盒里的生活
　　开了许多窗户
一座现代科技的黑色魔宫
笑眯眯地将中世纪的宇宙
　　缩成了一只小小的球

　　　　88年8月1日于景德镇湖田山

怪，又不怪

有些事情
人们需要深入地了解
但并不需要过多地去复述
或根本就不必去复述
而人们对于自己
　　不厌其烦地谈论着的
　　　一些事情
又往往并不是真正地了解
或至多只是一知半解

一知半解的事情激发起谈论
一知半解的事情有复述价值
一知半解的事情创造出语言

　　　88年12月28日于景德镇湖田山

宣 言

虽然世界可供我回旋的
  只有方寸之地
但我青春的梦决不会
  在墙壁的挤压下窒息

今天
  我决不窒息
明天
  塌陷的只能是墙壁

   89 年 2 月 3 日于景德镇湖田山

瀑 布

面对突然塌陷的道路
哗!你撕开磊落的胸襟——
天地间挂一帘流水的纱巾
赠与勇敢的进击者做背景

面对抵达断崖的命运
嗖!你悲壮地大吼一声——
从容地踢飞阴森的绝壁
将人间奇观定格到纵身一跃里

89 年 2 月 28 日于景德镇湖田山

青 春 留 言

踢太阳的足球
摇弦月的小船
踏星空的波浪
扬云彩的风帆
遣散雾的纠缠
穿越雨的银帘
默记着雪花的许诺
点燃每一个伤感的阴天

89年9月3日于景德镇湖田山

致某诗友

你应有能燃烧别人灵魂的灵魂
你应有能激发别人感情的感情
此外,你的诗应有——
真的冲动
善的心怀
美的词句,以及
巧的构思
深的意境

90 年 1 月 15 日于景德镇湖田

苹　果

一部分坏了，剜去
剩下的仍可以吃
甚至还更好吃——
因为虫子也挑好的吃

假如爱情也能像苹果
这个世界将会成什么样子？

　　　90 年 3 月 24 日于景德镇湖田

遗憾过后

当我降临这个世界的时候
已没有等待哥伦布的新大陆
　　等待着我去发现
甚至连每一片贫瘠的丘陵
　　及每一座荒凉的岛屿
都有了姓氏和标记

遗憾过后,我只能——
在哥伦布及一些别的姓氏之上
抛洒辛勤的汗水
——建造房子

　　　　91年4月6日于景德镇湖田

多 人 跳 棋

想方拆掉张三的桥
设法堵住李四的路
一门心思——
让自己畅通无阻

即便是赢了
也同样不轻松

  92 年 2 月 18 日于景德镇湖田

三 部 曲

无悔的昨天
充实的今天
辉煌的明天
乃是人生恒唱恒新的三部曲

有第一步才有第二步
有第二步才有第三步
三部曲支撑起伟大的人生
无悔乃是走向凯旋门之本

92年2月9日于景德镇湖田

互 相 模 仿

一些时候
是戏剧模仿生活
另一些时候
却是生活模仿戏剧

这个世界上生活与戏剧
总是互相模仿

92年4月6日于景德镇湖田

要 知 道

上帝分配给每个人的燃料
都是有定数的

节俭地燃烧自己的人往往长寿
比如那些平庸的人

慷慨地燃烧油脂的人往往短寿
比如那些以生命写诗的人

但又往往长寿的人短寿
而短寿的人却长寿

长寿短寿都是一生
关键还在有益于社会与他人

92 年 6 月 5 日于景德镇湖田

金　钱

买得到妻子买不到爱情
买得到肉体买不到灵魂
买得到朋友买不到真诚
买得到恭维买不到钦佩
买得到地位买不到威望
买得到高楼买不到愉快
买得到补药买不到健康
买得到享受买不到长寿
买得到珠宝买不到青春
买得到美味买不到胃口
买得到笔墨买不到才思
买得到藏书买不到学识
买得到字画买不到眼光
买得到衣冠买不到器宇
买得到气派买不到勇气
买得到枪替买不到智慧
买得到名声买不到品德
买得到碑文买不到不朽

93 年 2 月 26 日于景德镇湖田

我 发 现

才能中等者
最好发生不逢时的感叹
而真正的英雄
在任何时代都能拨动大地的琴弦

追溯千古
多少人自比伊吕聊聊一生
再放眼未来
又有几人能登上不朽的凯旋门?

93 年 4 月 15 日于景德镇湖田

剑 气

剑气比剑更宝贵
是剑气使剑雄性的灵光四溢
驱散迷雾如鸟兽
家园在剑鞘上宁静地憩息

剑气和花瓣
是世界的一对翅膀

93年10月24日于景德镇湖田

画中美人

始终不改变妩媚的神态
时间的流水永远溅不湿年龄
如结扎在光阴枝头上的绢花
总不凋谢冰冻的鲜艳

只是体验不到爱与被爱的苦乐
不能应心灵的召唤而更换表情
做出不同的微笑或嗔怪
释放颠覆夜空的短叹或长嘘

94年4月15日于景德镇湖田

同 样

如果你不能容忍
别人在你的自尊心上戳一枪
那么你同样也不应容忍
自己在别人的自尊心上留下创伤

人心都是同样的肉做的
没什么比尊重别人更高尚

95年3月1日于景德镇湖田

快 乐

是一种香水
给予的时候就是享受

如果你总是往自己的身上淋
难免会壅塞了自己的嗅觉
而当你慷慨地
　　往他人身上喷洒时
那么你自己的身上
　　难免也会被溅上几滴

溅到自己衣服上的香水
很香，香得久长

　　　　96 年 1 月 20 日于景德镇湖田

新年的礼物

当岁月的脚步又跨过一个除夕
万家迎新的欢庆声中
新年捎给我们人均一份礼物：
一个新的年龄

面对这份礼物
你是感到轻松还是沉重？
只要去岁的光阴你没有虚度
你就能心安地接受这份礼物！

　　98 年 1 月 28 日（正月初一）于景德镇湖田

大 海

所以有气吞万里的浩瀚
是因为始终把自己放得最低
从而使天下的水流都归向自己
自己也成了容纳百川的巨器

地球上所有标明高度的词都是：
海拔——与海平面的落差

99年3月5日于景德镇湖田

致 朋 友 们

让我们爱与被爱吧——
因为人生是短暂的
短暂的人生如果没有爱
那就太长了,像寒夜

幸福就是你牵挂别人
或你被别人牵挂
人生首先要学会——
牵挂别人或被别人牵挂

    04 年 1 月 29 日于汉阳五琴花园

最高智慧

现实有能改变的和不能改变的
应平静地接受不能改变的
应勇敢地改变能改变的

人生的最高智慧就是——
能正确判断或灵敏感觉
什么能改变与什么不能改变

07年5月7日于汉口育才一村

人 到 中 年

有些人已走失
不需要寻找
有些事已过去
不需要挂念
有些记忆已尘封
不需要触碰
有些伤痛已平复
不需要抚摸

10年9月22日于汉口育才一村

动物世界

狗

顺从了猎人的狼
经过许多代的驯养
荒野上厮杀的凶残
全变成了讨好主人的能干

88 年 5 月 14 日于景德镇湖田山

牛

你是农业社会的活化石
在工业社会里仍有巨大价值
除了提供一流的天然饮料
你还有很瘦的肉和很厚的皮

为了支撑人类的存在
你是注定了的牺牲品——

你驮走了漫长的农业社会
在工业社会里照旧不得喘息

　　　88年6月6日于景德镇湖田山

猴　王

竖一根尾巴当旗杆
披一身长毛作蟒袍
俨然统率一群乌合
占一座山头行令号

　　　88年6月14日于景德镇湖田山

马

是记载了原始战争的活页
是整个中世纪的坦克和装甲
曾使十字军成为流动的狂飙
曾为骑着你的部落廓清天下

你创造了无数古代的神话
在传奇中你总是温顺又忠诚地
　　伴随着剑侠走遍天涯
因此，在人类的成语辞典里
你有单独的索引页码

原始的战争已成为遥远的记忆
一代天骄也不过就是史册里的
　　一帧仅供发幽情的插画
历史走进了今天，你凄凉地
　　退出了人类生活的河流
在尚未现代城市化的草原上
你默默地咀嚼着黄昏和残秋

可是，你原始的力量和驮着
　　帐篷也驮着篝火的奔放

应在我们人类的精神里
永远永远地流淌,流淌!

88 年 6 月 25 日于景德镇湖田山

绵　羊

的确,你非常温顺
见到牧鞭,见到狼
然而同伴间为了争抢
　　一块巴掌大的草地
你倒挂的角却如刀似枪
更不要说在发情的季节里
彼此间为了角逐一头母羊

所表演的寻死觅活的疯狂

88年6月27日于景德镇湖田山

虾

永远伸不直的一截小弹簧
小打小闹在浅滩上
蛟龙要是误入了你的领地
也就只好忍受忍受
　　　　　你的调戏

89年2月16日于景德镇湖田山

猩　猩

不知道穿衣服和洗澡
不知道艺术地哭和笑
不知道通过杠杆放大力气
不知道思考生和死的意义
这就是很久很久以前的
——人——人

其快乐仅仅在于：
仿佛是人又不是人

89年3月4日于景德镇湖田山

乌 龟

你怎么这么长寿?
是因为你甲厚
还是因为你一遇辱就把头
——缩进去的憨厚?

若果是这般"龟孙子"
那你也算是活着吗?

89年3月9日于景德镇湖田山

鳖

据民间传说
你的肉能防癌
其实，不防癌你的肉照样是
　　一流的美味
你究竟是从哪里
　　弄来个外号"王八"？
有时甚至还要附加上"犊子"

难道我们的一些"朋友"
除了可供品尝茅台之外——
还有特效医药的功能吗？

　　　　89年3月10日于景德镇湖田山

啄木鸟

在病树误解的责怪声
以及害虫丧心的诅咒声中
你笑嘻嘻地填饱了自己的肚皮

责怪是这个世界赐予你的奖赏
诅咒是这个世界授与你的勋章
责怪和诅咒特写出——
你活在这个世界的特殊意义

凡益鸟均有所守
你活在这个世界的所守——
就是快乐地领取责怪和诅咒

89年4月6日于合肥

春　蚕

你是一支小小的帆船
只是两岸之间的航程太短太短
刚刚抛锚奉献的港湾
你就将劳碌结成自缚的茧
——完整地赠与人世间

你一丝一缕地吐——
吐出春晖洒在桑叶上的温暖
吐出大地输入桑叶里的缠绵
——筑成再生之梦的宫殿

最后，你又咬破自缚的茧
羽化成不吃不喝的蛾——
将短暂的生命推到峰巅

哦，春之蚕——
你就是升华了的精神！

　　　　89年5月27日于景德镇湖田山

鸬 鹚

不幸沦为渔人的工具
只好替渔人疯狂地捕鱼——
以换取渔人松一松
　　勒在脖子上的绳索
从而得以吞咽全由自己猎获的
　　残次的一小部分

　　　　89 年 6 月 14 日于景德镇湖田山

画 眉

每一只的嗓音都很好听
可谁都容不得自己之外的声音
一片山坡或一片树林
如果有了两个公的
便非要厮打分出个高低
——直至败者自动逃离

捕鸟人根据这一习性
用双层笼子装一只会叫的画眉
放进树林里
笼子外的画眉
为了驱逐笼子里的画眉
便会自动陷进捕鸟人的笼子

中国的特产不是茶叶和瓷器
中国的特产是会叫的画眉

89年8月12日于景德镇湖田山

蜚　蠊

你这个无缝不入的坏东西
除了偷吃偷喝
还要传播伤寒和霍乱等疾病
难怪古人拿不廉洁的官僚
　　来影射你

无论人类多么憎恶你

你却总像甩不掉的影子一样
　尾随着人类

　　89年10月13日于景德镇湖田山

鲥　鱼

蠢媳妇吃你
也像吃其它鱼一样——
先刮尽你的鳞

可不等聪明嫂子的笑容消失
蠢媳妇已将你的鳞单独清蒸
之后，给老婆婆端去

一只浅浅的小碟子

这样的蠢媳妇
在中国当然是：
小婆婆的最佳人选
老婆婆的最佳候补

　　　　90 年 2 月 3 日于景德镇湖田

癞 蛤 蟆

嫦娥呆的地方我尚且能睡觉
天鹅肉我咋的就吃不得？
按机会均等，凭先来后到
告诉你吧——
我已在此恭候多时了……

　　　　90 年 2 月 4 日于景德镇湖田

四 不 像

尾巴摹仿驴子
颈脖抄袭骆驼
蹄子取用牛的
角装鹿的
这样,你既失去了自己
又没有真正的依傍

谁都不认你为同宗
而你又不能自成一类
结果,你成了怪物
得到一个古怪的名称

91 年 1 月 30 日于北京动物园

蝗　虫

一旦猖獗在心灵的天空
生命的绿洲将会成为记忆
精神的世界将会成为赤土——
覆盖着人生中更深人静的部分

一旦蔽日，在古代
历史便要另起一段重写

　　　　92 年 10 月 17 日于景德镇湖田

黄 鹤

原本缥缈的传说
缘崔颢的墨魂赋形
高栖诗国的九霄
任人想象比吉光更吉光的羽毛

楼乃崔颢的碑或诗的骄傲
上面曾飞走了谁也没见过的鸟
令李白到凤凰台去捕捉的鸟
披阅了多少万里长江的波涛?

今日的楼呈今日的气象:
晴天游人如织如潮
阴天远客额手称好
雨天仍有三三五五的凭吊——
那斜风里的雨衣或雨伞
微笑在蛇头上宛然传说里的鸟

　　　　93年9月19日于武汉

小 短 诗

藤　椅

刚刚来到这个世界
难免会毛毛糙糙表示一点抗议
可经过一些时日的磨蚀
也就渐渐光滑得可爱起来

85 年 5 月 30 日于景德镇

桌子和凳子

你比凳子高
但并不因此就值得骄傲
你支撑了重量是吃了点亏
但也不要就唠叨个没完没了

88 年 7 月 11 日于景德镇湖田山

高层公寓

将都市不断膨胀的欲望
连同挤得喘不过气的人口
强行向空中疏散——
分割蓝天的蛋糕和阳光的奶油

89 年 12 月 18 日于合肥

某行政机关

是骨头最终将被吐出
是器物早晚将被收藏
尾巴能够长久的——
都是一些柔软的面团

90 年 2 月 24 日于景德镇湖田

微 笑

你是无偿的阳光
还是人际间通用的镍币?
你是真诚的雨露
还是不得已的小小付出?

90年4月2日于合肥

都 市

高大的楼和矮小的人
构成突兀的对比——
矮小的人继续追加着楼的高度
高大的楼却越来越不客气地
　　将人挤压成蚂蚁

90年8月29日于景德镇湖田

一个字

当我走到生命的尽头
一个字足以了结一生——
在"爱"的光明或黑暗里
我将甜蜜地做永久的休息

91年2月20日于合肥

如 果

如果没有梦
一个夜晚的行程
就够走上一生
平淡得很

91年3月10日于景德镇湖田

看 戏 偶 感

戏文是古典的
可演戏的人却是现在的

不变的是台词
变的是念台词的人

91年11月12日于合肥

有一种青春

在没有路的地方
没有"此路不通"的路障
因此,也就有了无数的路
以及关于远方的想象

93年2月17日于景德镇湖田

某些大学教授

理论和学术像烟囱一样喷吐
算盘和账本像细软一样包藏
外加道貌岸然的面孔
连同不堪一击的尊严

> 93 年 10 月 31 日于景德镇湖田

宿 命

浪子或娼妓
最初或最终的良知
回荡在我们的血液里
将似喜实悲的戏剧
　　或痛苦彻骨的感受复制

> 94 年 4 月 19 日于景德镇湖田

某 些 机 关

狗渐渐爬成人
爬成人的狗最残忍

人步步沦为狗
沦为狗的人最皮厚

    94 年 5 月 14 日于景德镇湖田

岁 月

如一只拧不紧的水龙头
无可奈何地日夜漏失
生命,在迫不得已的支付中
能不能储蓄一点什么?

    95 年 1 月 26 日于景德镇湖田

只 要

只要征服世界的激情没有泯灭
人类就有气力在这个星球上
一茬又一茬地收获——
收获阳光，收获风雨
　　收获季节，收获大地

　　　　95 年 5 月 27 日于景德镇湖田

根 本

做事要能吃苦
做人要能吃亏
后者是竖身之根
前者是立业之本

　　　　96 年 1 月 10 日于景德镇湖田

自 古 而 然

现实崇拜金钱和权力
历史记载德望和才华
小人趋炎附势狗苟蝇营
君子独立不依栉风沐雨

96 年 9 月 11 日于景德镇湖田

善 良

善良的心地是园林
善良的灵魂是树根
善良的语言是花朵
善良的行为是果实

99 年 3 月 13 日于景德镇湖田

大苦和大甜

成功里包含着大苦和大甜
大苦在成功前吞咽
大甜在成功后品尝
大苦和大甜都与凡庸者不沾边

00年4月17日于景德镇湖田

现 代 人

自己是自己心灵的避难所
自己是自己唯一的关爱者

结婚不知道请哪些人光临喜宴
上山不知道会有谁流泪来送行

05年7月30日于汉口育才一村

某副局长退休感言

退休了,我终于成了自己——
从此不再是自己的赝品

卸装了,可以一个人晒太阳了
情与义也渐渐水落石出

08 年 1 月 5 日于汉口育才一村

如　果

如果这个世界上没有了友谊
我除了顾影自怜便再无慰藉

如果这个世界上没有了亲情
我宁愿在梦乡长睡不醒

08 年 1 月 26 日于汉口育才一村

《湖田诗选》后记

因是选集,且集中所收作品均来源于《湖田诗文集》,所以原录于作品后面的原发报刊的名称和登载时间就删略了——这样,作为选集,显得简洁些。

经反复挑选,本集共收诗作一百五十三首,依据内容分十辑。为了使本书尽量薄些,加上对作品可读性的苛刻权衡,《大上海采撷的诗行》和《骨巨细胞瘤》这两组曾给我带来很大声誉的诗未能收入本书——我自己心里也是不免遗憾的。

大武汉不是我出生的地方,但肯定是我葬身的地方——为了表达对这片接纳了我和我妻儿的热土的感激之情,我在自己许多写都市的组诗中独选了《大武汉采风摘景》收入本书。将这组诗收入本书的另一个原因是:这组诗也是我自己很满意的作品之一。

面向公共读者的可读性是本书遴选作品的主要标准,但我不可能做到唯一——因为在遴选作品的过程中我不可能完全排除自己个人的情感。

完成《湖田诗文选》两本书的编辑和出版,并将其投放"市场"——接受读者和时间的裁判之际,回首自己艰辛漫长的来路,我心里五味杂陈、百感交集,同时还有一点又丑又老的姑娘"拜堂"前"妆罢低声问夫婿,画眉深浅入时无"的忐忑。我已尽了"人力"——收获或回报只能"听天由命"了！

　　本"后记"是已经变得非常疏懒的我于15年5月26日搬入新居以来的"开笔"文字——离"花甲"我只剩下不足一年的时间了，所以已不可能再有"而今迈步从头越"的豪情，但衣食无忧，面向晚境又多少有点"人到无求品自高"的自得。

　　至此，我基本上完成了自己——在余下的岁月里，我将以为前大半生呕心沥血的劳作做些锦上添花的拾遗补缺为辅助，以享受天伦之乐的生活为主要！

16年4月25日于汉口金涛翰林苑

图书在版编目（CIP）数据

湖田诗选 / 袁利荣著. -- 北京：中央编译出版社，2016.9
ISBN 978-7-5117-3086-2

Ⅰ.①湖… Ⅱ.①袁… Ⅲ.①诗集－中国－当代 Ⅳ.①I227

中国版本图书馆CIP数据核字(2016)第196999号

湖田诗选

出 版 人：葛海彦	
责任编辑：董 巍	
责任印制：尹 珺	
出版发行：中央编译出版社	
地 址：北京西城区车公庄大街乙5号鸿儒大厦B座（100044）	
电 话：(010) 52612345（总编室）	(010) 52612341（编辑室）
(010) 52612316（发行部）	(010) 52612317（网络销售）
(010) 52612346（馆配部）	(010) 55626985（读者服务部）
印 刷：武汉市金港彩印有限公司	经 销：全国新华书店
开 本：787mm × 1092mm 1/32	
印 张：7.25	字 数：288千字
版 次：2016年9月第1版 2016年9月第1次印刷	
印 数：1—3000	
定 价：18.00元	
网 址：www.cctphome.com	邮 箱：cctp@cctphome.com
新浪微博：@中央编译出版社	微 信：中央编译出版社（ID: cctphome）
淘宝店铺：中央编译出版社直销店(http://shop108367160.taobao.com) (010)52612349	

本社常年法律顾问：北京嘉润律师事务所律师 李敬伟 问小牛
凡有印装质量问题，本社负责调换，电话：(010) 55626985